KB109688

휘파람 부는 사람

WINTER HOURS:
Prose, Prose Poems, and Poems by Mary Oliver

휘파람 부는 사람

메리 올리버
민승남 옮김

마음산책

휘파람 부는 사람

1판 1쇄 발행 2015년 1월 15일
1판 10쇄 발행 2023년 3월 25일

지은이 | 메리 올리버
옮긴이 | 민승남
펴낸이 | 정은숙
펴낸곳 | 마음산책

등록 | 2000년 7월 28일(제2000-000237호)
주소 | (우 04043) 서울시 마포구 잔다리로3안길 20
전화 | 대표 362-1452 편집 362-1451 팩스 | 362-1455
홈페이지 | www.maumsan.com
블로그 | blog.naver.com/maumsanchaek
트위터 | twitter.com/maumsanchaek
페이스북 | facebook.com/maumsan
인스타그램 | instagram.com/maumsanchaek
전자우편 | maum@maumsan.com

ISBN 978-89-6090-216-9 03840

* 책값은 뒤표지에 있습니다.

몰리 멀론 쿡을 위하여

"나는 그대에게 고의로는 절대 거짓말을 하지 않을 것이다."
—사자의 기사 이웨인

차례

제2부 시인들

제3부 배

제4부 겨울의 순간들

이 우주에서 우리에겐 두 가지 선물이 주어진다.
사랑하는 능력과 질문하는 능력. 그 두 가지 선물은
우리를 따뜻하게 해주는 불인 동시에
우리를 태우는 불이기도 하다.

지금 이 순간은 아니지만 곧 우리는
새끼 양이고 나뭇잎이고 별이고
신비하게 반짝이는 연못물이다.

일러두기

1 표지와 본문의 사진은 사진가 이한구의 작품으로, 원서에는 없는 것이다.
2 외국 인명과 지명, 작품명 및 독음은 외래어표기법을 따르되, 관용적인 표기와 동떨어진 경우 절충하여 실용적 표기를 따랐다.
3 국내 소개된 작품은 번역된 제목을 따랐고, 국내에 소개되지 않은 작품은 원어 제목을 독음대로 적거나 필요한 경우 우리말로 번역해 적었다.
4 각주는 저자가 쓴 것이고, 옮긴이 주는 글줄 상단에 맞추어 표기했다. 원서에서 기울여 강조한 글씨는 굵은 고딕 글씨로 처리했다.
5 신문, 잡지 등의 매체명은 〈 〉로, 편명은 「 」로, 책 제목은 『 』로 표기했다.

서문

독자는 이 책을 에세이 모음집이라고 부를지도 모른다. 여기 담긴 모든 글이 그런 건 아니지만 많은 글이 진정한 에세이답게 하나의 주제를 가운데 두고 그것을 넘어서고자 했다. 그런 시도가 잘 이루어졌는지는 독자의 판단에 맡긴다. 사실 나는 꼭 에세이를 염두에 두고 글을 쓴 건 아니다. 그보단 새뮤얼 존슨 식의 '글쓰기', 정확히 말하자면 그의 설득과 논리가 아닌 반추와 대화를 생각했다. 그의 반추와 대화는 뛰어난 식견과 활기를 보여주며 기지가 넘치는 가운데서도 친절하다. 그리고 널리 확장될 때나 날카롭고 유쾌한 익살로 환히 빛날 때나 늘 헌신적인 문화인이었던 그의 삶을 기반으로 한다. 나는 그런 숭고한 모범을 따르는 것이 잘못된 게 아니라고 확신한다. 하지만 이 사실을 밝히는 건 내 시도가 성공할 것임을 암시하기 위해서가 아니라 내가 어떤 소망을 품고 글을 썼는지 말하기 위해서다.

이 책 속의 모든 글은 자전적 의미에서 진실이다. 상상이나 창작이 아닌 명상과 기억에서 나온 글들이다. 물론 기억이란 것은 편파성을 갖게 마련이어서 내 기억을 완전히 신뢰할 수는 없다. 어쨌거나 나는 이 글에서 보다 계획적인 예술의 경우처럼 행이나 단락의 요구에 따르기보다는 내 삶의 체험들에 충실했다.

나는 지금껏 살아오면서 이 시대 이 나라의 독자, 가벼운 읽기를 좋아하는 사람, 열렬한 독서가 할 것 없이 모두에게 유독 강하게 나타나는 작가 개인을 향한 호기심을 피하고 나 자신에 대해 아주 적게 말하는 걸 현명하고 고상한 일로 여겨왔다. 그런 나의 생각은 조금 달라졌다. 이제 나는 젊은 작가도 중년 작가도 아니고, 그다음 단계에 이르렀다. 물론 아직 늙지는 않았지만 말이다! 책을 내기 시작한 지도 어언 35년이 흘렀고 글을 쓴 세월은 그보다도 길다 보니 어느덧 독자들이 내 실제 삶에 대한 작지만 끈질긴 관심을 갖게 된 듯하다.

그러니 나의 사적이고 자연스러운 모습을 조금이나마 드러내는 글을 써서 장차 나를 안다고 주장하게 될 사람들이 참작할 만한 실마리를 제공할 강력한 이유가 생긴 것이다. 나는 세상 사람들이 빈 공간으로 남아 있는 부분을 추측으로 채우려는 성향이 있음을 너무도 잘 안다. 하여 거듭 말하는데, 나 자신이 이 책의 저자이며 다른 공식적인 화자가 존재하는 것이 아니다. 내 시집이 그러한 것처럼 말이다.

이 글들은 정확히 어떤 사건이나 시간에 기반한 것이 아니라 나의 감정, 세상의 다양한 일에 대한 반응, 영혼의 탐색과 발견에서 나온 것이다. 그렇다고 육신이 인간의 집에서 노래하지 않은 건 아니다. 그것도 존재한다.

그러나 연대순의 초상이나 나의 직업적 삶에 대한 많은 이야기들, 소중한 마음속 비밀은 기대하지 말아주길 바란다. 그저 대화의 한 토막, 길고 천천히 도착하는 편지로 생각해주면 좋겠다. 조금은 어수선하지만 자연스럽고, 기꺼이 미완성인.

에드거 앨런 포, 로버트 프로스트, 제라드 맨리 홉킨스, 월트 휘트먼은 내가 해마다 일정한 시간 살고 있는 버몬트 베닝턴대학에서 최근 학생들에게 가르친 흥미로운 주제들이다.

집짓기

집짓기

1

나는 뭐든지 만들 수 있는 청년을 알고 있다. 배, 울타리, 부엌 찬장, 탁자, 헛간 그리고 집까지 못 만드는 게 없다. 일할 때 그는 무척이나 평온하고 자신감에 차 있으며 태도가 반듯해서 보는 것만으로도 즐겁다. 그럼에도 그가 가장 좋아하는 건, 그야말로 정말로 갈망하는 것은 휴식 시간인 듯하다. 망치소리가 멈춘 그 고요한 시간에 그는 애면글면 마음속으로 들어온 시나 이야기를 적는다. 사실 그는 글을 다루는 일에 그리 뛰어나지 못하다. 나무망치와 줄자를 다루는 솜씨에는 훨씬 못 미친다. 그렇다고 해서 결코 글쓰기의 즐거움이 덜한 건 아니다. 더욱이 그는 서두르지 않는다. 모든 걸 조심스러운 속도로 배운다. 비록 처음엔 아주 느린 걸음으로 시작한다 해도 결국 글을 다루는 일이 더 쉬워지지 않을까? 또한 그는 이 쉼의 시간이 행복하다. 무언가를 만들고 있을 때의 그는 능숙한 모습이지만 그렇다고 자신을 과대평가하지 않는다. 하지만 글을 쓸 때는 더 멋진 사람이 된다. 우리에게 그 모습은 하나의 놀라움이고 자신에겐 더 그러하다. 그는 스스로 알고 있는 자신보다 더 높은 존재가 된다.

나는 그의 즐거움을 이해한다. 나 또한 내 재능을 둘러싼 울타리를 알고 그 울타리를 넘게 될 때 그 청년 못지않게 씩씩하다. 공교롭게도 나는 울타리를 넘을 때 대개는 그가 너무도 잘하는 그 일에 가까워진다. 내 마음속에 형상 하나가 떠오른다. 특정한 너비와 길이의 판자들, 못들, 내가 가진 혹은 가졌다고 생각하는 어떤 욕구에 대한 기꺼운 반응, 내가 기회를 노리며 보는 공간이 그 형상을 만든다. 나는 내 치아를 들여다보거나 구두를 수선하진 않지만 정밀한 목공 작업에 위축되는 일은 없다. 평생 그 어떤 목공 작업도 나를 저지하진 못했다. 지금 이 순간에도 내 옆에는 다리 하나가 안으로 살짝 휜 작은 탁자가 놓여 있다. 나는 목공 작업을 즐기긴 하지만 뭔가를 완벽하게 만들어낸 적이 없다. 아니, 아주 잘 만든 적도 없다. 그러나 아직 다 끝난 건 아니다. 세월이 이런저런 장애물을 실어와 내 앞에 펼쳐놓긴 했지만 말이다. 손가락은 뻣뻣해지고 눈은 가까운 것에서 먼 것으로, 먼 것에서 가까운 것으로 쉽게 이동하기를 거부해 해가 갈수록 작아지는 못대가리에 망치질하는 일이 녹록지 않다.

사실 나는 집을 지은 적이 있다. 담쟁이덩굴과 일일초가 우거진 뒷마당에 자리한 방 하나짜리 초소형 단층집으로 거의 다 재활용 자재를 썼다. 그래도 문도 하나 있고 창문도 네 개나 된다. 게다가 기적이라 할 정도의 뾰족지붕이라 방 안에서 서서

걸어 다닐 수도 있다. 나는 집을 다 짓고 문까지 단 후 창문 밑 붙박이 탁자에 램프를 올려놓으려고 집에서 전선도 따왔다. 저녁때 램프를 환히 밝힌 그 집을 마당 건너편에서 바라보노라면 무척이나 사랑스러웠고 크나큰 만족감이 밀려왔다. 그 집이 대단한 업적이라도 되는 듯했다. 사실 나에겐 그랬다. 그건 내가 지은 집이었다. 단 하나뿐인.

시를 쓰고 언어의 상자 속에서(아니면 언어의 날개라고 해야 할까?) 생각과 감정을 다루는 일은 부자연스러운 것이다. 우리는 무엇보다도 움직임의 생명체니까. 오직 부차적이고 자연스럽지 않은 상태, 곧 사색, 기쁨, 슬픔, 기도, 혹은 공포의 순간에만 우리는 깨어 있는 동안에도 의도적으로나 불운해서나 비활동의 자세가 된다. 하지만 그것이 가련한 노동자인 시인의 자세다. 무용수는 춤을 추고 화가는 붓에 물감을 묻혀 칠한다. 작곡가는 적어도 옥타브를 넘나들며 악보를 그린다. 하지만 시인은 가만히 앉아 있는다. 건축가는 설계도를 그리고 측량을 하고 채석장에 가서 반짝이는 돌 사이를 돌아다닌다. 시인은 고요히 앉아 있거나, 유동적인 순간이라 할 때에도 종이에 몇 개의 단어들을 휘갈겨 쓸 뿐이다. 시인의 몸은 이런 비존재의 압력 아래에서 마치 근육처럼 오그라들기 시작하며 불평을 해댄다. 그러한 해결 불가능한 부조화, 정신은 뜨겁게 불타는데 몸은 너무도 오래 움직이지 않는 순간은 조만간 혁명을 일으킨다. 행동을 요구한다! 나는 여러 해 동안 내가 블랙워터Blackwater라고 부르던 숲을 걸으면서 시를 썼다. 몽상에 젖어 어슬렁거리는 정도에 지나지 않았던 그 동작이 내겐 효과가 있었다. 시를 끼적이는 동안 줄곧 내 몸을 행복하게 해주었다. 하지만 가끔은 그것만으론 만족할 수 없었다. 나는 다른 방식으로 만들어내고 싶었다. 톱날과 망치질, 작은 비명 소리와 함께 완벽한 보금자리를 향해 회전하며 들어가는 나사들로 말이다.

2

나는 중서부의 한 도시에서 1년 동안 학생들을 가르치고 돌아온 해 봄에 집을 짓기 시작했다. 여러 달 책임 있는 자리에서 차분하고 사려 깊게, 그리고 대부분의 낮 시간을 실내에서 산 뒤라 활동하고 싶어서 몸살이 날 지경이었다. 그래서 현관에서 내 연장들을 들고 때리고 두드려서 단순하고 유용한 물건, 이를테면 책꽂이나 탁자를 만드는 대신 집을 짓기 시작했다.

내가 살고 있는 곳에서는 무언가를 지을 때 건축물보다는 토대가 더 중요하다. 일단 건축물을 세우면 아무리 흉하거나 부적합해도, 설령 법이나 이웃의 권리를 침해한다 해도 허물지는 않는다. 그리고 거의 모든 건물들이 본디 모습대로 남아 있지 않다. 우리의 좁고 긴 땅에서는 그저 증가와 추가만 있을 뿐이다. 오늘 내 집은 비뚤긴 하되 아직 서 있다. 부정할 수 없는 가치를 지니고 있다. 존재하니까. 그래서 결국 확장될 수도 있다.

심지어 임대 가능한 크기가 될 수도 있다. 그 집의 현재 주인들은 그 집을 버리는 건 꿈에서조차 생각하지 않으려 한다. 길에서 내 집이 보이는데, 현재 주인들이 새 지붕을 얹고 뾰족한 부분의 불안정한 곳들을 바로잡아주었다. 뾰족한 부분의 한쪽 끝에는 쇠막대를 달고 금방이라도 날아오를 듯한 왜가리 동상을 올려놓았다. 내 작은 집이 위를 올려다본다면 기겁할 것이다.

내가 그 집을 지을 때 그리고 목공 일을 할 때 사용한 연장은 잡다한 수공 도구들이다. 망치, 압정 박는 망치, 드라이버, 줄, 대패, 세톱, 내릴톱, 펜치, 스패너, 송곳. 그것들은 내 할아버지 것이었고, 그중 일부는 뛰어난 목수로 가구공이라는 더 멋진 직함을 사용했던 증조할아버지 소유였다. 나는 증조할아버지에 대해선 사진들과 한두 가지 기담을 통해서만 알 뿐이다. 일례로 증조할아버지는 호두나무로 자신의 관을 만들어 나중에 필요할 때 쓸 수 있도록 마을 장의사에게 맡겨두었다고 한다. 결국 그의 육신이 담긴 그 작디작은 집은 불길 속에서 사라졌다.

그래서 이 연장들은 내 것이긴 해도 내가 사용하기 쉽도록 만들어지진 않았다. 솔직히 고백하건대 나는 사고를 잘 당하는 편이다. 무언가를 만드는 동안 손, 정강이, 손목이 먼지와 벤 자국투성이가 된다. 나의 트레이드마크는 재주가 아닌 열정이다. 연장들을 다루다 보면 내 손으로는 작동할 수 없는 경우가 있었다. 들어 올리거나 뚫을 수 없는 장애물을 만날 때도 적지 않았다. 그러면 나는 좌절한 채 친구나 지인, 심지어 모르는 사람이라도 남자고 나보다 힘이 센 이가 지나가기를 기다리다가 도움을 청한다. 프로빈스타운 남자들은 외지인의 눈에는 거칠게 보일지 몰라도 더할 수 없이 유쾌하고 정중하다. "아, 그럼요." 배관공이나 지나가던 동네 사람, 자신의 집 마당을 건너온 어부는 그렇게 말하며 아무것도 아닌 일인 것처럼 흔쾌히 도와준다.

3

집이 인간의 감정과 몸에 어떤 존재이든, 피난처든 안락함이든 사치든 정신에도 마찬가지다. 어쩌면 더 그러하다. 우리의 꿈들이 상상이라는 집 안에 얼마나 빈번히 자리를 잡는지 생각해보라! 이따금 그 집은 무시무시하고 음울하고 폐쇄된 곳이다. 다른 때는 밝고 창이 많이 나 있으며 잘 가꾸어진 상태로 손님을 환영하는, 혹은 종종 길도 없고 야생 상태인 정원으로 둘러싸여 있다. 우리의 꿈속에 나타나는 그런 집들은 영혼의 상태 혹은 정신의 상태를 나타낸다. 부동산은 꿈의 관심거리가 아니다. 꿈이 관심 갖는 건 우리의 내밀하고도 진정한 모습이다. 꿈을 꾸고 상쾌하게 잠을 깼다면, 밤에 꿈속 집에서 행복했다면 잘 살고 있는 것이다. 하지만 잠이 깨서도 답답한 감금 상태, 공기도 안 통하고 빛도 없는 방들, 열기가 힘들거나 아예 안

열리는 문, 신경 쓰이는 무질서함이나 파괴의 기억이 남아 있다면 문제가 있는 것이다. 이런 (꿈의) 집들은 바람 센 산속에 자리하여 창문을 열고 야생의 알록달록한 새 떼를 불러들인다. 좁은 부빙 위에 웅크리고서 끝도 없이 펼쳐진 검은 물 위를 떠돈다. 삐걱거리는 집들, 노래하는 집들. 밤새 우리를 괴롭히는 문제에 대한 답을 달라고 우리가 애원해도 아무 말도 해주지 않는 집들.

그런 꿈속의 집들이 정신이나 영혼의 거울인 것처럼, 내가 짓기 시작한 집 같은 진짜 집도 최소한 조금은 우리의 내면 상태를 드러낸다. 융Karl Gustav Jung은 고난의 시기에 천천히 돌의 정원과 돌의 탑을 만들었다. 월든 호숫가 하늘 높이 솟은 화살 같은 소나무들 아래 지은 가로 3미터 세로 4.5미터 크기의 소로Henry David Thoreau의 집도 분명 꿈의 형상이 현실이 된 것이다. 누구에게든 자신의 한계를 아는 행위들에서 물러서는 건 좋은 일이다. 지나친 진지함을 떨쳐버릴 수 있기 때문이다. 나는 집을 짓거나 물건을 만들 때면 나 자신이 수동성에 탐닉하다시피 하고 놀고 싶어 하는 걸 느낀다. 놀이는 창조적 충동이 주는 감동과 발견의 행복과 결코 동떨어져 있지 않다. 나는 집을 지을 때 온종일 즐거웠다.

하지만 집의 물질적 측면은 상상과 정신보다는 특정하고 결합 가능하며 무거운 물질, 곧 벽돌과 목재, 토대와 기둥, 창틀과 문틀의 문제다. 문지방과 문과 걸쇠의 문제다. 1970년대와 1980

년대에 세상 모든 곳은 아니더라도 내가 사는 곳에서는 닥치는 대로 지어대고 헐었다가 다시 짓는, 그리고 폐자재들은 당시 쓰레기장이라고 명명된 장소로 실려가는 기괴한 현상이 지속적으로 벌어졌다. 그 시절 쓰레기장은 활기가 넘쳤고, 심지어 사교의 장이기까지 했다. 그곳에서 인부들이 불도저를 몰고 다니며 트럭이 버리고 간 물건을 정리하는 작업을 했다. 그들은 폐기물을 재활용 가능한 물건까지 포함하여 최소 여남은 종류로 분류해서 모아놓았다. 하늘에 낮게 깔린 흰 구름처럼 무리를 이룬 갈매기가 폐기물과 함께 아무 데나 함부로 버려진 음식 찌꺼기를 찾아 쓰레기 더미 위에서 맴돌며 시끄럽게 울어댔다. 개조 공사를 하는 모텔에서 오전에 매트리스 300개가 나오고 오후에 책상 300개가 나왔다. 물론 그곳에선 대대적인 보물찾기가 벌어졌다. 그곳에 가면 다시 사용하지 않고 그냥 묻어두기엔 죄스러울 정도로 좋은, 쓸모 있는 목재들을 얼마든지 발견할 수 있었다. 아직 목재 가격이 치솟기 전이라 새 목재가 헌 것과 섞여 있기도 했고, 사는 사람이 가격을 정할 수 있었다. 짧게 켠 목재와 긴 목재. 소나무, 전나무, 오크 바닥재, 적삼목과 백삼목 지붕널, 합판, 벚나무 테두리, 그리고 타르 종이와 절연제, 새 망사문과 헌 망사문, 새 스토브 연통과 헌 연통, 벽돌, 그리고 전동공구까지 몇 번 보았는데 트럭 짐칸 쓰레기 더미 속에 아무렇게나 버려져 있었던 모양이었다. 나는 그곳에 가서 자재를 구했다. 그곳에서 남자들과 여자들이 쓰레기 더미를 이

잡듯 뒤져 당장 필요하거나 나중에 쓸 데가 있을 것 같은 물건들을 찾아냈다. 옷, 가구, 헌 인형, 낡은 유아용 의자, 자전거. 한번은 개 모양의 아주 낡은 철제 저금통도 보았고, 바닥이 구리로 된 조리 기구 세트도 상자째 발견한 적이 있었다. 죽은 지 한 달 정도밖에 안 된 남자의 집에서 실려 온, 크리스마스카드를 모아놓은 봉지도 발견했는데 거의 모든 카드에 1달러 지폐가 들어 있었다.

그곳에서 나는 필요한 건 모두 찾아냈다. 반쯤 찬 상자에서 모래 속으로 쏟아진 못까지 다. 부족한 건 마룻대 하나였는데, 그건 찾을 때까지 기다리지 못한 내 인내심 부족 탓이었다. 마룻대는 우리 지역 목재회사에서 현금으로 샀으니 집 짓는 데 든 비용은 총 3달러 58센트인 셈이다.

오, 두렵고도 아름다운 단단한 목재! 벚나무나 호두나무, 오크목을 자르는 건 내겐 돌을 자르는 것만큼 어렵다! 그래서 내가 찾는 건 소나무다. 황갈색 물결무늬와 선명한 옹이가 있고 흔쾌히 부서지거나 잘라지거나 깨지며, 향이 공기 중으로 퍼지진 않지만 그 달콤함으로 심장을 헐떡이게 하는 소나무. 나는 합판은 좋아하지 않지만 그래도 발견하면 주웠고 사용할 수 있으면 사용했다. 합판은 진짜가 아니라 햇빛과 비바람에 약해서 건조해지거나 부풀거나 휘거나 썩기 쉽다는 걸 알았지만 말이다. 나의 작은 집은 하나의 패치워크였다. 그리고 정원처럼 유기적이었다. 정확한 치수에서 자유로웠다. 결국 완전하진 못해도 제법 똑바르게 지어졌다. 내 집은 낡은 철도 침목으로 된 토대 위에 헌 목재와 헌 합판으로 된 뼈대를 갖추고 타르 방수 종이, 옅은 색 지붕널을 이고 우뚝 섰다. 나는 2인치 길이 못, 2.5인치 길이 못, 대못, 나사로 모든 걸 이어 붙였다. 좌절할 때도 있었지만 열심히, 헌신적으로, 결연히 일했으며 베이고 긁히면서도 즐거웠다. 작업은 천천히 진행되었다. 지붕 공사가 이어졌고 적삼목 지붕널이 얹혔다. 나는 시인이었지만 잠시 생각과 공식적인 언어의 베틀에서 벗어나 이 놀이를 즐기고 있었다. 나는 즉흥적이었고 몰입 상태였으며 행복했다. 나는 늘 생긴 대로 살아가다가 또 다른 모습이 되고 싶기도 하다.

내 집이 완성되었을 때 친구 스탠리 쿠니츠미국의 계관시인으로 퓰리처상과 내셔널 북 어워드 수상가 우리 마을 반대쪽 끝에 있는 자신의 집에서 쓰다 버린 노란 문을 주었다. 나는 실내에 반 고흐의 풍경화와 블레이크의 시, 그리고 M이 색분필로 그린 그림을 걸었다. 집 모퉁이에는 새들이 둥지를 쳤다. 나는 램프를 켰다. 집 짓기가 끝났다.

4

사람들에게 몇 번이고 되풀이해서 열정적이고 웅변적으로 이야기해도 그것이 해외 뉴스 정도에 그치지 않도록 잘 전할 수가 없는 소식이 있다. 사람들은 그걸 기꺼워하지도 공감하지도 않는다. 그건 개인적인 늙어감에 대한 이야기다. 단 하나뿐인 정점을 향해 올라가고 거기 도달하면 반대의 길로 접어드는 것. 그 길 역시 즐겁지만 이전의 길과는 확실히 다르다. 그건 내리막길이다. 아무도 거기서 예외가 될 수 없고, 무슨 말로도 그 경로를 바꿀 수 없다. 우리의 시간은 이미 꽤 지났고, 남아 있는 시간은 아주 활동적으로는 아니더라도 우아하고 세심하게 보내야 한다. 이제 마을 배관공들은 우리의 옛 배관공의 아들들이다. 나는 송판 몇 장 자르고 나면 지쳐버린다. 1년쯤 전에는 망치질을 하다가 정통으로 엄지손가락을 세게 내려쳐서 손톱이 빠진 채 반년을 살았다. 최근에는 나사를 박고 뺄 수 있는 전동 드릴을 갖게 되었는데, 그 빠르고 맹렬한 힘이 너무 두려워서 작은 대포처럼 느껴진다. 잘만 사용하면(우선 정확히 조준을 할 수 있으면) 힘든 일들을 수월하게 해낼 수 있지만 그렇지 못하면 성난 족제비를 손에 들고 있는 꼴이 된다.

나는 그 작은 집을 거의 쓰지 않았다. 그래서 그 집은 원예용구와 이런저런 상자들을 보관하는 장소가 되었다. 거기서 시를 한 편이라도 썼을까? 그렇다. 몇 편 썼다. 하지만 그 집의 목적이 생각을 위한 은신처였던 적은 없다. 나는 **그 집을 짓기 위해** 지었으며 그 집 문지방을 넘어 떠나버렸다.

나는 아직 늙거나 성장이 끝났다고 생각하지 않는다. 하지만 인생관은 바뀌었다. 이젠 몸을 바삐 움직이고 싶은 갈망은 줄었고, 정신의 묘기에 관심이 더 많아졌다. 또 쓸모없는 목재에 새로운 애정이 생겼다. 버려진 자리에 조용히 남아 그저 존재만을 유지하는 것들 말이다. 물결무늬가 생기고 소금물에 절여진 해변의 널빤지들. 좀조개가 파놓은 구멍 천지인 말뚝들. 그리고 숲에 떨어진 오크목, 단풍나무, 비바람에 시달린 귀한 소나무 가지들. 그들은 바닥에 누워 아무것도 하지 않는다. 그들은 망각의 길을 가는 여행자들이다.

처음에 말했던 목수 청년은 이제 공책을 옆에 조심스럽게 내려놓고 일어선다. 그러곤 멀리 떠났다가 방금 돌아온 것처럼 주위를 둘러본다. 거기엔 그의 연장과 목재가 있다. 하다 만 일이 있다. 그는 다시 일에 집중한다. 하지만 인생은 제한된 좁은 길이 아니다. 그는 어느 오후에 다시 그 광시곡을 듣고 따라가게 될 것이다. 평소의 일에서 벗어나 즐거움 속으로, 언어의 물결 속으로 헤엄쳐 들어갈 것이다. 건투를 빈다!

나로 말할 것 같으면, 그를 지나쳐 숲으로 들어왔다. 오솔길 근처에 키 큰 단풍나무 한 그루가 쓰러져 있다. 지금은 초봄이라 주름진 적갈색 꽃잎이 피어나기 시작한 상태다. 쓰러질 때 받은 충격으로 나무껍질이 여기저기 갈라져 있다. 하지만 그 단풍나무는 서 있을 때와 거의 다름없는 모습으로 누워 있다. 예전처럼 바람 그물 노릇을 잘하진 못하지만 말이다. 이제 그것은 무엇일까? 어떤 의미를 지닐까? 나태함은 결코 아니고 여전히 야망과 견줄 수 있는 무언가일 것이다.

그걸 휴식이라고 부르자. 나는 그 단풍나무 가지 하나에 앉는다. 나는 한가함을 누려도 괜찮다. 나는 만족스럽다. 내 집을 지었으니까. 부전나비라고 불리는 청색 나비들이 비밀 장소에서 기다리고 있다가 반짝거리며 날아오른다. 나비들은 작은 청색 옷을 입고 나뭇가지 사이로 나풀거리며 날다가 내게 다가온다. 한 마리가 잠시 내 손목에 앉는다. 나비들은 나를 단풍나무와 크게 다른 존재로 인식하지 않는다. 육중한 몸으로 땅에 누워 햇살을 듬뿍 받으며 행복하게 반쯤 잠들어 있는, 잎사귀에 감싸여 바람이 울부짖는 소리를 내는 이 나무 궁전과.

거북이 자매

1

나는 지난 몇 해 동안 고기를 거의 먹지 않았다. 이따금 고기 생각이 간절할 때도 있지만 말이다. 그건 늘 관심이 가는 심오한 딜레마다. 시인 셸리는 나뭇잎과 과일만 먹으면 자신의 몸이 결국 지성의 온순한 하인이 되리라 믿었고, 나는 셸리의 열렬한 숭배자다. 하지만 자연의 열렬한 숭배자이기도 하며, 이 식욕 곧 다른 생물을 먹으려는 욕구 없이 자연에 대해 생각하는 건 하나의 생물이 다른 생물에게 영양을 공급해 과거로부터 미래를 창조해내는 기적적인 교환을 눈을 감고 바라보는 것일 터다. 그럼에도 나는 **그 모든 것 너머에** 존재하고픈 갈망에 시달릴 때가 많다. 나는 근심에 짓눌려 산다. 쓰라린 미래를 맞이할 새끼 양에 대한 근심, 내 몸에 대한 근심, 그리고 특히 내 영혼에 대한 근심. 자기 자신은 얼마든지 속일 수 있어도 영혼은 속일 수 없다. 이 근심쟁이로서는.

육지 가장자리에는 물의 궁전들이 있다. 해안, 해수 소택지, 검은 배를 가진 연못. 그리고 그 궁전들에는 대합, 홍합, 크기와 생김새가 제각각인 물고기, 달팽이, 거북이, 개구리, 장어, 게, 가재, 벌레 들이 부들, 바닷속 바위, 해초, 샘파이어해안 바위에서 자라는 미나릿과 식물, 스파르티나북아메리카 해안의 소금기 많은 습지에서 자라는 수초, 명아주, 사워 그래스신맛이 나는 풀, 벗풀, 아욱 들 사이에서 기어 다니거나 다이빙하거나 꿈틀거린다. 이 생물은 서로 먹고 먹히며 살아간다. 그게 우리의 세상이다. 오렌지색 홍합은 몸 가장자리에 검푸른 띠가 둘러 있고 하나의 심장과 폐, 위장을 갖고 있다. 가리비는 동풍이 불 때 날래게 헤엄치며 수십 개의 연푸른색 눈으로 주위를 둘러본다. 대합은 사람의 손이나 쇠꼬챙이가 다가오는 걸 느끼면 모래 속으로 더 깊이 파고든다. 자기 인식은 어디서 시작되고 끝날까? 왕풍뎅이? 일에 파묻혀 사는 반짝이는 개미? 연못 위를 떠도는 각다귀 떼? 나는 나무의 지각력 있는 삶에 대해, 나뭇잎이 모종의 방식으로 소통하고 거대한 줄기와 무거운 가지가 매일 아침 살아 있는 걸 기뻐하고 거기 있는 걸 기뻐하며 그 아래를 걷는 나를 알아본다고 상상하는 데 어려움을 느끼지 않는 사람 가운데 하나다.

이 모든 건 거북이 이야기의 서막이다.

2

거북이는 여러 연못에서 느릿느릿 기어 나온다. 길, 개들, 고속도로, 그들의 몸이 조절할 수 없는 누적되는 열기와 그 열기만큼 아찔한, 그리고 항상 언제 닥칠지 모르는 한기의 위험을 무릅쓴다.

그중 하나만 골라보자. 그녀는 도로 가장자리에 이르러 이제 까마득한 언덕을 힘겹게 오른다. 도중에 미끄러지면 잠시 휴식을 취하다가 다시 천천히 전진한다. 연못의 반짝이는 동굴에서 젖은 몸으로 나온 그녀는 유리와 먼지의 옷을 입고 여행한다. 회색 베일처럼 그녀를 감싸고 맴도는 모기떼는 그녀의 몸에 모래가 잔뜩 묻은 것에 좌절한다. 하지만 눈 주위엔 모래가 묻어 있지 않다. 그녀가 눈을 깜빡일 때 모래가 떨어지기 때문이다. 그래서 저 날개 달린 바늘들은 그녀의 늙고 거친 얼굴에 조그만 물약 병처럼 매달려 선홍색 피로 자신의 몸을 가득 채운다. 그 거북이들은 모두 임신한 암컷으로 알 낳을 둥지를 물색하고 있다. 모기들 역시 암컷으로 피의 식사를 하지 않으면 잔잔한 호수 수면에 수정란을 낳을 수가 없다.

어느 봄날에 나는 이 둥지 만들기 과업의 열정적 서곡을, 거대한 늑대거북늑대처럼 긴 꼬리를 가져서 늑대거북이라고 불리며 무는 습성이 있어서 '무는 거북'이라고도 불림의 짝짓기를 목격했다. 그들은 연못 위를 떠다니며 이따금 뒹굴기도 하고 들썩거리기도 했다. 수컷이 앞발로 암컷의 등껍데기 가장자리를 꽉 잡고 육중한 몸을 암컷에게 밀착시키고 있었다. 그들은 오후 내 그렇게 표류하는 배처럼 탁한 물속에서 첨벙거리며 떠다니거나 하늘을 나는 양탄자 같은 수련들 사이에 가만히 있었다.

무더운 여름이 시작된 요즘, 연못가나 모래언덕을 걷다 보면 여행 중인 거북이를 심심치 않게 발견한다. 나는 그들이 반가우면서도 못내 미안하다. 내가 방해가 되어 그들이 산란을 완수하기도 전에 연못으로 돌아갈 수도 있으니까. 그게 세상에 무슨 도움이 되겠는가? 그들은 다시 시도를 할 수도 있고 그러지 않을 수도 있다. 만일 다시 시도하지 않는다면 알들은 그들의 몸속에서 다른 물질로 분해되어 사라질 것이다.

나보다 훨씬 교활한 다른 방해자들도 있다. 거북이가 햇빛을 받으며 나오든, 서늘하면서도 환한 달빛 아래서 나오든(이 경우가 더 많다) 너구리가 따라붙는다. 거북이가 산란을 마치기도 전에, 혹은 산란을 마치고 채 자리를 뜨기도 전에 너구리는 모래에 코를 박고 킁킁거리다가 둥지를 발견한다. 이윽고 모래를 파헤쳐 탐욕스럽고 행복한 만족을 느끼며 알을 먹어 치운다.

그래도 해마다 연못에는 거북이가 충분하다.

잎이 무성한 높은 나뭇가지에서 잠을 자며 오후를 보내는 너구리가 충분한 것처럼 말이다.

어느 4월 아침 나는 패스처 연못 기슭에서 늑대거북의 등껍데기를 발견했다. 너구리가 물에서 끌고 나온 것이리라. 등껍데기는 길이가 30인치약 76센티미터가 넘었다. 그 후 근처에서 다리뼈, 발톱, 그리고 등껍데기의 드러난 뼈를 덮고 있는 지붕널이라고 할 수 있는 비늘도 발견했다. 어쩌면 그 늙은 거물은 혹독한 겨울 동안 너무 얕은 물에서 얼어 죽은 것인지도 모른다. 가장자리부터 시작해서 몸뚱이 전체가 꽁꽁 얼어서. 아니면 그냥 수명이 다해서 죽었을 수도 있다. 거북이는 다른 파충류처럼 성장이 멈추지 않으며 기괴한 취향을 가진 사람들이 상상하는 흥미로운 현상을 보일 수도 있다. 하지만 평범한 거북이도 충분히 뉴스거리가 될 수 있다. 다 자란 늑대거북은 몸무게가 40킬로그램까지 나가고 잡식성이며 수십 년을 살 수 있다. 그러니 누가 알겠는가? 내가 그 4월의 아침에 발견한 거북이 등껍데기는 내 휴대용 도감에 최대 크기로 나온 것보다 더 컸다.

3

나는 거북이가 지나간 자취를 즉시 발견했다. 모랫길에 어지럽게 난 발자국들이 망설임의 흔적 같았다. 확신할 순 없는 일이지만 말이다. 세 군데에 모래가 조금씩 파헤쳐 있었다. 가짜 둥지일까? 한 발을 연습 삼아 한두 번 휘저은 것일까? 알을 노리는 포식자를 속이기 위한 거짓 단서일까?

나는 내 개 두 마리에게 목줄을 걸고 주위를 자세히 살펴보다가 길 한쪽에서 모래를 뒤집어쓴 채 꼼짝도 않고 있는 그녀를 발견했다. 그녀는 이미 둥지 안에 있었다. 아니, 둥지를 떠나고 있었던 것 같다. 거북이는 자신의 몸이 거의 사라질 때까지, 가끔은 머리 꼭대기만 보일 때까지 둥지를 깊이 파니까. 그리고 산란이 끝나면 몸이 거의 수직이 되도록 상체를 곧추세운다. 파이 굽는 커다란 팬을 옆으로 세워놓은 것처럼 말이다. 그렇게 거북이가 상체를 곧추세우면 그녀의 몸 아래에 있는 모래가 둥지로 흘러내려 거기 쌓여 있는 동그란 알들을 덮는다.

그녀는 나를 보고 꼼짝도 하지 않는다. 그녀의 눈이 발하는 빛은 작지만 깊은 생명력을 지니고 있고, 예리하다. 그녀는 지금 거사를 치르다 죽어야 한다고 해도 주저 없이 죽을 것이다. 차가운 두 눈에 핀 같은 빛을 담고, 치열하게, 이 세상 그 무엇보다도 숨쉬기에 충실한 채 삶에서 죽음으로 미끄러져 들어갈 것이다.

우리의 눈이 마주쳤을 때 우리 사이에 무엇이 오갈 수 있을까? 그녀는 나를 위험한 존재로 볼 것이다. 사실 그건 옳은 판단이다. 내가 더 가까이 다가갈 경우, 그녀는 등껍데기 속으로 들어갈 수 있다면 그렇게 해서 평화적으로 나를 물리칠 것이다. 하지만 그건 어려운 일이다. 그녀의 커다란 몸은 그 뼈로 된 은신처에 다 들어가지 못할 것이다. 등껍데기 속으로 숨어도 머리와 다리 일부는 밖에 나와 있을 것이다. 그녀는 쉭쉭거리는 위협적인 소리를 낼 수도 있고 그러지 않을 수도 있다. 거대한 부리 모양의 주둥이를 벌리고 경고를 보낼 수도 있다. 그러면 나는 그녀의 머리와 예상 밖으로 긴 목이 번개처럼, 그야말로 번개처럼 튀어나와 내 손이나 발을 공격하기 전에 꼬리표 같은 혀가 달린 그녀 입속의 깨끗하고 희끄무레하며 반들거리는 터

널을 잠깐 동안 보게 될 것이다. 그녀는 뱀처럼 날래고 정확하다. 그리고 3인치 두께의 막대기를 이빨로 깨끗이 부러뜨릴 수 있다. 많은 개가 늑대거북에게 물려 절름발이가 되었다. 나는 개 목줄을 풀지 않고 계속 걷는다. 우리는 모퉁이를 돌아 나무들 아래로 사라진다. 새벽 5시, 나에겐 하루를 시작하는 시간이고 그녀에겐 긴 밤을 마감하는 시간이다.

식욕, 내 식욕에 대해 말하자면 나는 이런 사실을 인정한다. 그것은 생각이 떠오르는 속도보다도 빠르게 나타나고 추방해 버릴 수가 없으며 고삐로 묶어둘 수는 있되 간신히 그럴 수 있을 뿐이다. 10월의 어느 날, 들판을 걷고 있는데 붉은꼬리말똥가리 한 마리가 땅에서 퍼덕거리며 날아올랐다. 풀 위에 꿩 한 마리가 놓여 있었다. 가슴은 이미 벌어져 있었지만 펠트 같은 붉은 살점은 조금 뜯긴 상태였다. 그 순간 문득 그 꿩이 **나의** 먹이가 되려고 그렇게 발견되었다는 생각이 들었다! 맹세컨대 운이 좋았다는 달콤한 기분까지 들었다! 나는 겨우 자신을 억제하고 붉은꼬리말똥가리를 흘끗 본 다음 계속 걸었다. 잘한 일이었다! 하지만 나는 그때 내 식욕이 얼마나 눈부셨는지 알고 있다. 나는 바보도 아니고 감상주의자도 아니다. 나는 식욕이 신 가운데 하나라는 걸 안다. 거칠고 야만적인 얼굴을 지니긴 했지만 그래도 신이다.

테야르 드샤르댕프랑스 예수회 신부이자 고생물학자, 지질학자은 어딘가에서 말하기를, 인간이 처한 가장 괴로운 정신적 딜레마는 음식이 필요하다는 것이며 그것은 불가피하게 고통과 연결되어 있다고 했다. 누가 그 말에 동의하지 않겠는가.

몇 년 전 나는 휘트니 가문, 그중에서도 특히 뉴욕에 가문의 이름을 딴 박물관을 세운 글로리아 밴더빌트 휘트니에 대한 강의를 들었다. 강사는 휘트니 부인의 손녀로 자신의 가문을 이야기하며 '대물림된 책임감'이라는 근사한 표현을 썼다. 물론 상속된 부와 그것을 공공의 이익을 위해 사용하는 정신에 대한 이야기였다. 아! 나는 얼른 그 표현을 마음속 주머니에 챙겨두었다!

내가 느끼는 책임감이 바로 그런 것이기 때문이다. 나는 유형의 재산을 물려받은 건 아니지만, 원하면 누구나 가질 수 있는 생각과 사상이라는 무형의 재산을 물려받았다. 오래전 땅에 묻힌 작가들과 사상가들이 남긴 재산. 나는 그 지혜와 불가분의 관계에 있다. 그 지혜는 내게 사려 깊고 지적으로 살아야 할 책임을 **요구하니까**. 즐기고 질문하라고, 가장하거나 짓밟아선 안 된다고 주문하니까. 그렇게 위대한 인물들은(**나의** 위대한 인물들은 **여러분의** 위대한 인물들과 같지 않을 수도 있다) 내게 가르쳤다. 열정을 갖고 관찰하고, 인내심을 갖고 생각하고, 늘 기꺼운 마음으로 살라고.

그래서 나는 지금 내 야생적인 몸과 대물림된 강렬한 호기심과 존중의 태도로 모랫길을 걸어 내려간다. 파브르나 플로베르가 그랬던 것처럼 너무나 격렬한 의지가 넘친다. 그렇다. 나는 요란한 목소리들을 듣고 있으며 그 목소리 모두가 같은 걸 말하진 않는다. 하지만 사려 깊은 마음이 그들을 하나로 만든다.

그들은 누구인가? 내게 그들은 셸리, 파브르, 워즈워스(젊은 워즈워스), 바버라 워드Barbara Ward, 영국의 경제학자이자 환경운동가, 블레이크, 바쇼Matsuo Basho, 일본 시인으로 하이쿠의 대가, 마테를링크Maurice Maeterlinck, 벨기에의 시인이자 극작가이자 평론가와 재스트로Joseph Jastrow, 미국의 저명한 심리학자, 나의 가장 소중한 에머슨, 그리고 카슨Rachel Louise Carson, 미국의 생물학자이자 환경운동가, 그리고 알도 레오폴드Aldo Leopold, 미국의 생태학자로 환경윤리학의 선구자다. 그들은 나의 선조이자 본보기이자 정신이며 내 삶은 그들의 영향, 그들이 준 가르침과 떼려야 뗄 수 없는 관계다. 나는 영원히 그들에게 감사하며 살아간다. 나는 그들 없이는 어디에도 갈 수 없고 어디에도 도달할 수 없다. 나는 그들과 함께 나의 삶을 산다. 그들과 함께 사건 속으로 들어가고 사색의 틀을 잡으며 흘러가는 시간의 본질을 간직한다. 나는 혼자서 이 기민하고 애정 가득한 직면을 하는 게 아니다. 끔찍하고 지속적인 노력을 통해, 내 마음속 하늘의 별들처럼 밝게 빛나는 이 무수히 많은, 내게 용기를 주는 벗들과 함께한다.

그들은 곡물을 먹는 사람들이었을까? 아니면 고기를 먹는 사람들이었을까? 그건 중요하지 않다. 그들은 꿈꾸는 이였고 상상하는 이였으며 선언하는 이였다. 그들은 보고 또 보고 또 보면서, 분명한 것과 그 너머에 있는 걸 보고, 호기심을 갖고, 불확실성을 허용하면서, 여기서는 우아하고 태평하다가도 저기서는 격렬히 버티면서 살았다. 그들은 생각이 깊었다. 셸리나 소로의 목소리 같은 몇 개의 엄격하고 강건한 목소리들이 외친다. **변하라! 변하라!** 하지만 대부분의 목소리는 그렇게 말하지 않는다. 이렇게만 말한다. 네 모습 그대로 살아라. 그러면서도 꿈꾸는 자가 되어라. 테야르 드샤르댕은 고통에서 어떻게 벗어날 것인지가 아니라 그걸 안고 어떻게 살아갈 것인지에 대해 이야기했다.

4

나는 저녁 무렵 그 자리로 돌아가 모래를 9인치 정도 파헤쳤지만 아무것도 발견하지 못했다. 모래 속의 뿌리들이 손상되지 않은 걸로 보아 거북이의 노 모양 다리들이 더 깊이 파내려가진 않은 듯했다. 그녀는 그 지점에서 모래를 파내려 가는 각도를 바꾼 것이다. 어쩌면 우선 휴식을 취했는지도 모른다. 그러고 나서 다시 다리를 휘저어 모래를 밀어내고 그 구덩이에서 앞쪽으로 연결된 더 작은 구덩이를, **내실을** 파기 시작했다. 그 작업이 끝난 후 그녀의 몸에서 짧은 튜브 모양의 살이 그 작은 구덩이를 향해 내려왔고, 모래 둥지에 알들이 빠른 속도로 쌓였다.

나는 그 작은 구덩이를 파헤쳤다. 이윽고 손가락에 알들이 닿았다. 둥글고 약간 말랑했다. 나는 더 깊이 더듬어 들어가서 알들을 꺼내기 시작했다. 알은 모두 스물일곱 개로 탁구공보다 크기는 작아도 어딘가 비슷했다. 껍데기는 완전히 불투명하지는 않고 안에서 희미한 노란빛이 비쳤다. 나는 열세 개를 조심스럽게 주머니에 챙기고 열네 개는 도로 둥지에 넣은 다음 모래로 덮어 파헤친 자국이 남지 않도록 잘 갈무리했다.

나는 거북이의 알로 스크램블을 만들었다. 한 끼 식사였다. 아주 근사하지도 그렇다고 아주 나쁘지도 않은, 영양이 풍부하고 든든한 식사. 나는 껍데기를 깰 수가 없었지만 칼로 그 환한 방을 절단하지 않을 수 없었다. 노른자가 크고 흰자는 얼마 안 되었다. 아기 거북이의 배아인 작은 수정체는 달걀의 수정체보다 더 형체가 분명하지는 않았다. 요리한 알에서 섬유질 같은 촉감이 느껴졌다. 마치 옥수수 가루를 뿌리고 제대로 섞지 않은 것 같았다. 나는 그것이 등껍데기가 될 부분이라고 생각했다. 알들은 크기가 작아서 열세 개로도 그리 푸짐하진 않았다. 나는 엉뚱하면서도 세심하게, 열성적이면서도 경건하게 그걸 모두 먹어 치웠다.

이틀날 아침, 나는 다시 그 모랫길로 갔다. 한 번의 어둠이 지난 후 그 둥지가 어떻게 되었는지 보고 싶었다. 밤에 먹이를 찾아 배회하는 다른 포식자, 즉 너구리가 발견한 흔적은 없었다. 행운이 따른다면 여름이 끝날 무렵 갓 부화한 거북이 열네 마리가 모래를 뚫고 나올 터였다. 그들은 갑작스럽게 나타난 세상에 대해 생각해볼 겨를도 없이 가장 가까이에 자리한 연못이라는 자신의 어둡고 풍성한 활동 무대를 향해 서둘러 기어가 그 속으로 뛰어들 것이다.

6월 끝자락의 무더위가 이어지는 요즘, 나는 모랫길에서 더 이상 거북이를 보지 못한다. 모래언덕에 난 구불구불한 발자취조차 보이지 않는다. 이제 더위가 다른 생명의 싹을 틔우고 자라게 한다. 거의 하룻밤 사이에 주엽나무에서 술 장식처럼 생긴 꽃들이 많이 떨어졌다. 작고 흰 플라스크 모양 꽃술에 달콤한 꿀이 가득하다. 나는 꽃들을 손에 가득 주워 잠시 얼굴에 댄다. 지상의 여름이라는 천국의 술 장식. 그것들 또한 내게 영양분을 공급해줄 것이다. 지난주에는 황금빛 작은 태양 같은 거북이 알을 먹었고, 오늘은 주엽나무 꽃을 먹을 것이다. 반죽에 넣으면 평범하기 그지없는 팬케이크를 최고의 요리로 만들어줄 것이다. 영양분이 필요한 내 몸에 훌륭한 영양을 공급해줄 것이다. 붉은꼬리말똥가리는 그 연분홍빛 저녁에 꿩의 시체로 돌아갔다. 거북이는 연못 바닥에서 오래도록 누워 휴식을 취했다. 그러다 몸을 돌렸고, 근처에서 움직이는 것이 보이자 공포도 슬픔도 없이, 지상의 신 가운데 으뜸인 식욕의 탐욕스러운 품 안에서 자신이 해야만 하는 것, 모든 존재가 해야만 하는 것을 했다. 모든 것은 분해되고 대체된다. 지금 이 순간은 아니지만 곧 우리는 새끼 양이고 나뭇잎이고 별이고 신비하게 반짝이는 연못물이다.

백조

여러 해 전에 나는 스스로 세 가지 '규칙'을 정했다. 내가 쓰는 모든 시는 진짜 몸과 진정한 힘, 정신적 목적을 지녀야 한다는 것이었다. 어떤 시든 이 세 가지 조건 가운데 하나라도 만족하지 못하면 퇴짜를 놓고 다시 쓰거나 과감히 버렸다. 시 쓰는 일을 주된 활동으로 삼고 살아온 지난 40여 년 동안 나는 다른 조건들도 추가해왔다. 나는 내 모든 시가 강렬함 속에서 '쉬기를' 원한다. 그리고 '세상의 모습들'로 풍부해지기를 원한다. 지각으로 느낀 세계가 지적인 세계로 이어지기를 원한다. 지성, 인내, 열정, 기발함으로 산 삶(반드시 내 삶이어야 하는 건 아니고 **공식적인 나**, 작가로서의 삶)을 나타내기를 원한다.

나는 내 시가 무언가를 묻기를, 그리고 그 시의 절정에서 그 질문이 응답되지 않은 상태로 남기를 원한다. 질문에 답하는 건 독자의 몫임이 작가와 독자 간의 약속에 명시되어 있음을 분명히 해주기를 원한다. 그리고 마지막으로, 나는 내 시가 고동침을, 숨차오름을, 세속적인 기쁨의 순간을 담기를 원한다. (독자를 심각한 주제의 영역으로 유혹할 때에도 즐거움은 결코 하찮은 요소가 아니다.)

「백조」는 이런 몇 가지 특성을 갖췄다. 또한 '비밀스러운' 유머도 갖췄다. 시를 시작할 때, 즉 그 시를 구상해 몇 줄 적을 때 백조가 아닌 기러기를 보고 있었던 것이다. 최근 기러기에 대한 시를 썼던 터라 그 시의 표현을 강화하여 내가 보고 있는 아름다운 새의 형상에서 기러기보다도 더 멋진 것을 창조해낼 작정이었다. 나는 그게 무척 재미있었고, 그래서 편안하고 즐겁게 묘사를 이어갔다. 그 사실은 독자에겐 알려지지 않겠지만, 내가 그런 기분 덕에 작품과 더 잘 어우러졌다면 나로선 전혀 놀라울 것 없는 일이며, 분명 그랬을 거라고 확신한다.

형식은 문제가 없었다. 긴 문장을 짧은 시행으로 나누고, 약간의 앙장브망enjambement, 앞 행의 끝 구절이 다음 행에 걸치어 계속 이어지는 기법으로 움직임을 표현하면서도(백조가 움직이고 있으니까) 과하지는 않게 하여 시행들이 백조처럼 위엄을 지키며 과감하게 나아가도록 한다. 그리고 쉼표를 일부 생략한다. 이건 매끄러움을 위해서이기도 하고 세상의 거의 모든 시가 지나치게 천천히 흐르기 때문이기도 하다. 그다음에 일단 '사실' 묘사가 이루어지면 독자의 소중한 시간을 빼앗은 이유를 말하기 시작하고, 독자들이 단순히 아름다움을 받아들이는 것 이상의 무언가를 하고 싶어 하고 그것이 무엇일지 마음속으로 생각해보도록 유도한다. 독자가 시의 화자가 되는 걸 막는 요소가 있어선 안 된다. 그것으로 끝이다. 마지막 행 '기슭에 닿으면'이 시의 핵심이다. 그건 종결이면서도 도착의 시점이기에 새로운 시작이 될 수도 있다.

독자가 자신을 참여자로 느끼지 못하는 시는 건물 속 갑갑한 방에서 불편한 의자에 앉아서 듣는 강의다. 내 시들은 모두 야외에서, 들판, 해변, 하늘 아래서 쓰였다. 마무리까지 되진 않았을지라도 적어도 시작은 야외에서 이루어졌다. 내 시들은 강의가 아니다. 중요한 건 시인이 만들어내는 것이 아니라 독자가 만들어내는 것이다. 독자가 시가 던진 질문을 받아들이고 그것에 대해 생각하기 시작하면 「백조」는 기대한 목적을 달성하는 것이다.

시

백조

넓은 물을 가로질러
　무언가
　　둥둥 떠오고 있어—
　　　흰 꽃

가득 실은
　날씬하고 섬세한 배—
　　기적적인 근육들로
　　　움직이고 있어,

마치 시간이 존재하지 않는 것처럼,
　마치 그런 선물들을
　　마른 물가로 가져다주는 것이
　　　도저히 견딜 수 없는

행복인 것처럼.
　이제 그 검은 눈을 돌리고,

구름 같은 날개를

가다듬고

정교한 물갈퀴 달린

목탄 색깔 발 하나를

끌며 움직이지.

곧 여기에 이를 거야.

오, 나 어쩌지,

저 양귀비 빛깔 부리

내 손에 놓이면?

시인 블레이크의 아내는 말했지,

나는 남편과 함께 있는 시간이 그리워—

그는 너무도 자주

천국에 있어.

물론! 천국에 이르는 길은

평지에 놓여 있는 게 아니지.
　당신이 이 세상을
　　인지하는
　　　상상력에,

당신이 세상에 보내는
　경의의 몸짓에 놓여 있지.
　　저 흰 날개들
　　　　　　　　물가에 닿을 때,
　　　오, 나 어쩌지, 무슨 말을 하지?

시

세 편의 산문시

1

아, 어제, 그것, 우리 모두 외치지. **아, 그것!** 모든 게 얼마나 풍요롭고 가능했는지! 얼마나 무르익고 준비되고 풍성하고 흥분으로 가득했는지—그 여름날, 하늘을 질주하는 희고 깨끗한 구름 아래서 우리 얼마나 희망에 차 있었는지. **아, 어제!**

2

나는 옛 쓰레기소각장에 있었어—더 이상 사용하지 않는—인동덩굴이 여름내 온 세상을 장식할 기세로 습한 맹위를 떨쳤던 곳. 벌새 한 쌍이 여름마다 이곳에 살았지. 대로변 그들의 천국에 그들 종족 가운데 유일하게 남아 있는 것처럼. 뜨거운 오후에, 그 파괴된 땅에서 무성하게 자라는 블랙베리 줄기 옆을 걷노라면 거의 항상 야생 벚나무 꼭대기 근처의 높은 횃대에서 밝은 눈과 그보다 더 밝은 목소리로 자신의 왕국을 내려다보는 수컷 벌새를 보게 되었지. 내가 이야기하려고 하는 오후에, 그 벌새가 고개를 홱 돌렸고 하늘에서 무시무시한 으르렁거림이 들려왔어. 힘찬 금속성 소리가 날카롭게 공기를 가르며 날아왔어. 검은 삼각형 모양의 비행기가 육중한 발톱을 꽉 오므려 덩어리처럼 매단 채 지평선에서 울부짖으며 날아오고 있었어. 곧 좁은 귓구멍을 통해 머리에 고통이 일었어. 나는 빛나는 나무 위 작은 새가 이 매 같은 새를, 머리 위에서 돌진하는 이 악몽을 보려고 초록 머리를 홱 옆으로 돌리는 걸 보았어. 저런, 벌새가 움츠렸어. 날개로 몸을 감싸고, 잔뜩 웅크려 떨고 있었어. 신의 반짝이는 화려한 보석. 겁에 질린.

모든 묘사는 은유야.

3

폭풍이 지나간 후 바다는 팡파르도 없이 원래 자리로

돌아갔고, 조수가 눈 덮인 해변까지 밀고 올라왔다가 물러났고, 거기 세상이 있었어. 하늘, 물, 창백한 모래, 그리고 조수가 그날의 목적지에 닿았던 곳에, 눈雪이 있었어.

그리고 사소한 한 가지. 오리, 흰뺨오리 시체와, 그 옆 검은등갈매기. 오리 시체에는, 가슴 깃털 사이로 폭이 1인치쯤 되는 구멍이 있었고, 구멍 속 색깔은 소리치는 빨강이었어. 왜곡된 눈으로 볼 수도 있지만, 누구 탓도 아니었지. 폭풍이 내던지고, 큰 검은등 멀뚱이가 먹고 등등. 그건 한 순간의 일이었어. 구름 다발에서 살짝 고개를 내민 해가 그 풍경에 쉽게 상상할 수 있는 그 경이로운 빛을 다정히 비추고.

시

이끼

어쩌면 세상이 평평하다는 생각은 부족적 기억이나 원형적 기억이 아니라 그보다 훨씬 더 오래된 것—여우의 기억, 벌레의 기억, 이끼의 기억인지도 몰라.

모든 평평한 것을 가로질러 도약하거나 기거나 잔뿌리 하나하나를 움츠려 나아가던 기억.

지구가 둥글다는 걸 깨닫는 데는 아직 발생하지 않은 현상—직립—이 필요했지.

이 얼마나 야만적인 종족인가! 여우와 기린, 혹멧돼지는 물론이고. 이것들, 작은 끈 같은 몸들, 풀잎 같고 꽃 같은 몸들! 코드그래스해안 습지에서 자라는 볏과 식물, 크리스마스 펀밀집된 단단한 잎을 가진 상록 양치식물, 병정이끼원래 명칭은 British Soldiers로 빨간 열매가 달린 게 독립전쟁 당시 빨간 모자를 썼던 영국군과 닮아 이름 붙음! 그리고 여기 작은 흙더미 위를, 발톱과 무릎과 눈으로 뛰어다니는 메뚜기도 있지.

나는 가을에 장작더미에서 검은 귀뚜라미를 보면, 겁을 안 주지. 그리고 바위를 좀먹는 이끼를 보면, 다정하게 어루만져,

사랑스러운 사촌.

시

언젠가

자서전이란 것이, 풍성하나 완성이 불가능한 이야기—강렬하고 조심스러우며 표출적이고 자기 본위적인 하나의 실패가 아니고 무엇일까? 그러니 나의 이야기와 여기 존재함과 나라는 사람 전체에 그림자나 빛을 던질 진실한 어떤 말을 할 수 있을까?

어린 사슴이 철조망 고리에 앞발이 걸려 울타리에 매
달려 있고, 사나운 농장 개들이 그리로 달려갈 때, 나는
내가 무엇을 할 수 있는지 알았어. 눈을 가리거나 달리
는 것. 그래서 나는 달렸지. 세상에 태어나서 제일 빨리
달렸어. 사슴에게 몸을 던져 둘이 함께 철조망 울타리에
매달렸고, 개들은 이리저리 날뛰었어. 하지만 사슴은 내
마음을 모르고, 아니면 알긴 해도 내가 붙어 있는 걸 견
딜 수 없었던 건지 염소 같은 울음소리를 내며 앞발을
홱 빼더니 숲으로 돌진했어.

며칠 후, 나는 들판에서 그 사슴을 보았어. 울타리에

는 사슴이 앞발을 뺄 때 흘린 핏자국이 아직도 남아 있었지만, 사슴은 멀쩡했어. 빠르고 민첩했으며 아름다웠지.

나는 생각했어. 그 일을 평생 기억하리라. 그 위험, 달음박질, 개들의 으르렁거림, 숨막힘. 그리고 행위와 도약—그 행복. 초록의 달콤한 거리감. 그리고 나무들. 주위를 둘러싼 나무의 무성함과 연민.

시

휘파람 부는 사람

갑자기 그녀가 휘파람을 불기 시작했어. 내가 갑자기라고 말하는 건 그녀가 30년 넘게 휘파람을 불지 않았기 때문이지. 짜릿한 일이었어. 난 처음엔, 집에 모르는 사람이 들어왔나 했어. 난 위층에서 책을 읽고 있었고, 그녀는 아래층에 있었지. 잡힌 게 아니라 스스로 날아든 새, 야생의 생기 넘치는 그 새 목구멍에서 나오는 소리처럼, 지저귀고 미끄러지고 되돌아오고 희롱하고 솟구치는 소리였어.

이윽고 내가 말했어. 당신이야? 당신이 휘파람 부는 거야? 응, 그녀가 대답했어. 나 아주 옛날에는 휘파람을 불었지. 지금 보니 아직 불 수 있었어. 그녀는 휘파람의 리듬에 맞추어 집 안을 돌아다녔어.

나는 그녀를 아주 잘 안다고 생각해. 그렇게 생각했어. 팔꿈치며 발목이며. 기분이며 욕망이며. 고통이며 장난기며. 분노까지도. 헌신까지도. 그런데도 우리는 서로에 대해 알기 시작하긴 한 걸까? 내가 30년간 함께 살아온 이 사람은 누굴까?

이 맑고 알 수 없고 사랑스러운, 휘파람 부는 사람은?

시인들

엘레오노라의 빛나는 눈: 불가능을 되찾으려는 포의 꿈

1

우리는 포의 소설과 시에서 강한 자가 약한 자에게(혹은 정신의 강한 부분이 약한 부분에) 가하는 공포, 전염병, 고문, 복수에 대해 끊임없이 듣는다. 하지만 이런 요소들은 진짜 주제를 전달하는 역할일 뿐, 포가 그린 진정한 주제는 우주라는 구조물, 그 안의 도덕적 질서, 또는 개인의 운명에 대한 우주의 철저하고 오만한 무관심을 설명해줄 어떤 존재에 관해 무지한 데서 오는 고통이다.

우리도 포와 다르지 않다. 모두가 그런 망상에 질식할 듯한 고통을 느낀다. 어느 정도는. 그리고 가끔은. 정상적인 삶에도 간간이 암울한 기분이 찾아든다. 하지만 우리 대부분은 확실성을 충분히 경험하며, 형이상학적 우울을 겪을 때 그 경험에 의지해 스스로를 지탱할 수 있다. 그러나 포에겐 그런 경험이 없었다. 거의 없는 게 아니라 전혀 없었다.

이런 결여가 그를 망가뜨렸다. 그건 정신적 결여가 아니라 감성 조직의 결여, 확신의 결여였다. 이미 복잡한 자산인 자기 확신의 결여가 아니라 세상 전체에 대한 확신의 결여, 세상이 악의적일 뿐 아니라 자비로울 수도 있다는 확신의 결여였다. 가장 심오한 의미에서, 포는 과거와 다른 미래에 대한 확신이 없었다. 그는 피할 수 없는 태생적 비애에서 영원히 벗어나지 못했다.

그럼에도 포는 묘사의 대가요, 언어의 완벽한 곡예사였다. 엄청난 용기의 소유자이기도 했다. 그는 풀 수 없는 문제를 풀고 앞으로 나아가기 위해 초인적인 의지로 시와 소설을 썼다. 어쩌면 **하나의 시와 소설을 쓰고 다시 고쳐 썼다**고 말해야 하는지도 모르겠다. 하지만 그는 앞으로 나아가지 못했다. 아무 문제도 풀지 못했다.

2

배우였던 그의 어머니 엘리자 포는 에드거가 두 살 때 세상을 떠났다. 그녀의 나이 스물네 살이었다. 비참한 이야기의 가련한 결말이었다. 엘리자 포는 무일푼에 폐결핵을 앓았고, 떠돌이 배우였던 에드거의 아버지에게 버림받은 몸이었다.

포는 엘리자가 죽은 버지니아 주 리치먼드의 존 앨런 가족에게 입양되었는데, 마침 아이가 없고 엘리자의 죽음을 목격한 프랜시스 앨런이 충동적으로 그런 결정을 내리게 되었는지도 모른다. 포와 성공한 상인 존 앨런의 관계는 순탄치 않았다. 포는 그 가족의 성을 갖게 됐지만 끝까지 법적인 입양은 이루어지지 않았다.

포는 학교 친구의 어머니 제인 스태너드와 친구가 되었다. 그녀는 기이하고 비밀스러운 구석이 있었으며, 그리 안정적이라고 할 수 없는 인물이었다. 둘의 우정은 깊어졌지만 제인 스태너드는 병에 걸렸다. 결국 그녀는 실성한 것으로 밝혀졌으며, 죽음을 맞이했다. 프랜시스 앨런 역시 건강했던 적이 없었다. 그녀는 포가 스무 살 때 세상을 떠났다. 당시 집을 떠나서 살고 있었던 포는 존 앨런이 연락을 해주지 않아서 양어머니가 결정적이고 무자비한 죽음의 침묵에 빠져들기 전 마지막 만남을 가질 수가 없었다. 그건 종결 없는 이별이었다.

1834년, 스물다섯 살이 된 포는 사촌 버지니아 클렘과 결혼했다. 신부의 나이는 열세 살이었다. 그 뒤로 안정된 미래가 펼쳐지게 될까? 8년 후, 노래를 부르고 있는 버지니아의 입에서 피가 흐르기 시작했다. 물론 폐결핵이었다. 1847년, 버지니아는 스물다섯 살의 나이로 죽었다.

포에겐 2년이라는 시간이 남아 있었다. 그는 그 2년 동안 지독하게 술에 탐닉했다.

필라델피아 프리 도서관에 여배우 엘리자 포의 초상화가 있다. 그녀는 이상할 정도로 경직되어 있으면서도 눈에 띄게 활기찬 모습이다. 끝 부분이 동그랗게 말린 긴 검은 머리가 넓은 이마와 엄청나게 큰 검은 눈을 감싸고 있다. 똑같은 검은 머리와 커다란 눈이 다른 그림에도 보이는데, 목선이 깊이 파인 흰 드레스까지 아주 흡사하다. 이 그림은 리치먼드에 있는 프랜시스 앨런의 초상화다. 그럼 버지니아 클렘은? 그녀는 백묵같이 흰 얼굴과 긴 검은 머리, 높고 또렷한 이마, 병마에 시달리면서 더 커지고 더 빛나게 된 큰 눈을 가진 것으로 묘사되고 있다.

포의 시와 소설의 독자에겐 너무나도 익숙한 얼굴이다.

> 이마는 높고 몹시 창백했으며 이상하게 평온했다. 그리고 한때 새까맣던 머리칼이 부분적으로 그 위를 덮어 풍성한 곱슬머리가 움푹한 관자놀이에 그림자를 드리우고 있었다. 이제 샛노랗게 물들여 환상적인 느낌을 주는 머리칼은 음울한 얼굴과 부조화를 이루었다.
>
> —「베레니스Berenice」에서*

> 나는 그 우뚝 솟은 창백한 이마의 윤곽을 자세히 살펴보았다. 흠잡을 데가 없었다. 너무도 신성한 장엄함에 적용할 때 그 말은 실로 얼마나 차가운지! 최고의 상아에 견줄 만한 살결, 압도적인 크기와 차분함, 관자놀이 윗부분의 완만한 돌출, "히아신스처럼 아름답다!"라는 호머의 표현이 완벽히 어

* 포의 작품들은 『에드거 앨런 포 단편소설과 시 모음집The Collected Tales and Poems of Edgar Allan Poe』(뉴욕 모던 라이브러리, 1992)에서 인용했다.

울리는 자연스럽게 곱슬거리는 탐스럽고 윤기 흐르는 검은 긴 머리!"

—「리지아Ligeia」에서

포의 여인들은 얼굴만 놀랍도록 흡사한 게 아니라 다른 특성들 또한 일관된다.

오! 저 눈부신 창가에
조각상처럼 서 있는 그대를 나는 보네!

—「헬렌에게To Helen」에서*

포는 창백한 미녀 헬렌에 대해 그렇게 노래한다. 헬렌은 「갈가마귀The Raven」의 리노어, 「엘레오노라」의 엘레오노라이기도 하다. 그리고 「어셔 가의 몰락The Fall of the House of Usher」에서 매들린은 "수의를 입은 고결한 모습으로" 무덤에서 나온다. 또 리지아는 "그림자로 왔다가 떠났다." 그리고 그녀의 눈은 컸다. "우리 종족의 보통 눈보다 훨씬 컸다." 「애너벨 리Annabel Lee」라는 광상적이고 죽음에 물든 시에서 애너벨 리의 모습은 전혀 나

---

* 굵은 글씨는 내가 강조의 뜻으로 쓴 것이다.

타나 있지 않지만 우리는 그녀가 어떤 모습이었을지 상상할 수 있다. 그렇지 않은가? 얼굴은 창백하고 머리는 검을 것이며 크고 빛나는 눈을 가졌을 것이다. 하루살이 같은 떨림, 연약한 활기를 지닌. 시의 화자는 베레니스에 대해 이렇게 말한다. "오, 화려하면서도 환상적인 아름다움! 오, 아른하임 숲의 요정! 오, 샘가의 물의 정령!" 엘레오노라에 대해서는 "하루살이처럼, 완벽한 사랑스러움을 지녔지만 죽을 운명"이라고 한다. 다시 또 리지아에 대해서는 "한 시간밖에 못 사는 물의 요정의 얼굴"과 "이슬람 천국의 전설적인 미녀의 아름다움"을 지녔다고 말한다.

포의 소설을 보면 얼굴과 눈의 모습만큼 한결같은 조명을 받는 것이 없다. 화자는 "리지아의 눈에 든 **표정!**"이라고 외치며 "푸른 눈의 로위나"를 희생시키고 검은 눈을 가진 죽은 리지아가 로위나의 몸을 빌려 그에게 돌아오게 한다. 시신이 천천히 몸을 뒤척이다가 눈을 뜨자 그는 "잃어버린 내 사랑의 크고 검고 격정적인 눈이야"라고 외친다. 물론 그것이 소설의 끝 부분이다.

화자가 소년으로서 처음 사랑을 한 은밀하고 아름답고 평화로운 매니컬러드그래스 계곡에서 첫사랑 엘레오노라의 눈처럼 찬란히 빛나는 건 아무것도, 아무것도 없다.

3

시인 로버트 프로스트는 말했다. "우리는 유아기에 눈과 눈의 일치를 확립하는 것으로 시작한다." E. A. 로빈슨의 『재스퍼 왕King Jasper』 서문에 로버트 프로스트가 쓴 글 심오한 진실을 담은 말이다. 바로 거기서 확신이 나온다. 아이는 시선의 만남을 통해 세상이 진짜이고 바람직한 것임을, 그리고 자신도 진짜이고 소중한 존재임을 배운다. 포의 여주인공들의 눈빛은 그의 수많은 이야기들에서 언제나 강렬하다. 그 눈빛은 짧은 순간 확신을 주지만 이내 희미해진다.

「리지아」와 「베레니스」와 「엘레오노라」에서뿐만 아니라 다른 이야기들에서도 눈은 결정적인 부분이다. 「고자질하는 심장The Tell-Tale Heart」에서 화자는 진심으로 좋아하는 노인을 살해하는데 그 이유는 노인의 한쪽 눈에 푸른 막이 덮여 있기 때문이다. 그는 그걸 "독수리 눈"이라고 부른다.

> 그 눈이 나를 볼 때마다 나는 피가 얼어붙는 듯했다. 그래서 나는 노인을 죽여서 영원히 그 눈에서 벗어나기로 서서히, 아주 서서히 마음먹었다.

간단한 이야기다. 마주 보지 않는 눈은 상대를 인정하지 않는 것이다. 포의 화자는 그걸 견딜 수 없다.

「래기드 산맥 이야기A Tale of the Ragged Mountains」에서 오거스터스 베들로의 눈은 이러하다.

> 비정상적으로 크고 고양이 눈처럼 동그랬다. (…) 흥분하면 안구가 상상도 못할 정도로 밝아져서 번쩍이는 광선을 내뿜는 듯했으며, 그건 반사된 광선이 아니라 촛불이나 태양처럼 내재된 빛이었다.

시체처럼 살아가는 베들로는 날마다 맞는 모르핀으로 활력을 얻는다. 우리는 그가 의술로 통제되고 있다는 걸 안다. 심지어 그는 최면까지 당한다. 그런 그가 자신의 이야기를 한다. 어느 오후 버지니아의 산속에서 그는 시간과 공간의 벽을 돌파한다. "물론 당신은 내가 꿈을 꾼 거라고 말하겠지만, 그렇지 않소." 그가 말한다. 하지만 그의 냉혹한 운명이 이 새로운 시간과 장소에서, 이 보잘것없는 버지니아의 황야에서 그를 기다리고 있다. 그는 그걸 피할 수 없다.

「어셔 가의 몰락」에서 그 음울한 저택은 "비어 있는, 눈 같은 창들"을 가진 얼굴의 모습을 하고 있다. 「유령이 사는 궁전Haunted Palace」이라는 시에도 똑같은 얼굴이 음울하게 등장한다. 반면 「윌리엄 윌슨」이라는 소설에서는 그런 눈의 일치가 심각하게 결여되어 있다. 이야기 속 두 윌리엄 윌슨은 물론 한 사람이다.

「함정과 진자The Pit and the Pendulum」에서도 눈빛은 반짝이는 것이든 막에 덮인 것이든 아무런 역할을 하지 않는다.

마침내 나는 자포자기의 심정으로 눈을 번쩍 떴다. 최악의 예상이 맞아떨어졌다. 영원한 밤의 어둠이 나를 둘러싸고 있었다.

밧줄과 쥐들, 긴박감과 기이한 기계들 속의 「함정과 진자」는 무심한 우주가 주는 고통과 싸우는 영혼의 이야기다. 그것은 대적할 수 없는 공포의 이야기인 동시에 거의 대적할 수 없는 인내의 이야기이기도 하다. 포의 작품 전체의 맥락에서 '영원한 밤'과 화자의 고독은 함정의 방을 더욱 끔찍한 장면으로 만드는 요소들이다. 함정의 어둠 속에는 아무것도, 그리고 아무도 없다. 푸른 막이 덮인 눈조차도.

4

포의 많은 화자를 같은 감성을 지닌 하나의 인물로 인식하고 그 인물이 이성적이지 못하다고 보는 건 어려운 일이 아니다. 그는 과민한 기질의 소유자로 뜨거운 사랑과 의리, 슬픔, 그리고 (반복적으로 등장하는 어구인) '열광적인 흥분'이 가능하다. 그는 기이하고 자유분방한 상상력의 소유자다. 그의 과업은 자연의 질서, 구체적으로 말하자면 죽음의 불가역성(돌이킬 수 없음)을 나타내는 사실이나 상황에 도전하는 것이다. 그리하여 그는 그런 상황을 반증할 수 있는 방식으로 세상을 이해하려 한다. '다른' 세상의 발견은 **그 다른 세상의 현상들에 대한 체험**을 가정한다. 그러려면 우선 정상적으로 체험되는 세상으로부터의 단절이 필요하다. 우연은 안 된다. 우주라는 구슬 목걸이에서 구슬들을 모두(가장 멀리 있는 행성과 별까지) 뺀 다음 다른 방식으로 다시 끼워야 한다.

포는 19세기 독일 초월주의 방식을 견지한다. 연금술, 최면술, 신비주의의 가능성에 이끌린다. 그는 예외나 다시 한 번의 기회를 애원하는 오르페우스가 아니다. 그는 자신을 선지자로 본다. 자신의 운명을 바꾸기 위해 우리의 세계관 자체를 바꾸려 한다.

그의 작품에는 광기의 문제가 상존한다. 화자의 행위들은 누가 봐도 미친 짓인 경우가 많다. 하지만 그는 광기와 이성의 정의들을 과감히 던져버린다. 그의 이야기들에서는 광기와 이성의 경계가 모호해지며 갑자기 유령이 출몰한다. 「엘레오노라」의 화자는 이렇게 말한다. "사람들은 나를 미쳤다고 하지만 광기가 가장 고결한 지성인지 아닌지의 문제는 아직 밝혀지지 않았다."

병 또한 명백히 용납될 수 없는 행위들의 핑계가 된다. 「베레니스」의 화자는 이름이 아이게우스Agaeus이며, 영국의 학교들에서 질병 진단서를 의미하는 'aeger'라는 단어와 놀랍도록 유사하다. 흔히 쓰이는 단어는 아니지만, 앨런 가족이 런던에 살 때 5년간 학교에 다녔던 포는 분명 그 단어를 알았을 것이다.

그런 광기의 날개 위에서 세상을 바꾸려는 노력이 이어진다. 알코올이나 아편, 모르핀, 광기에 의해 착란을 일으킨 정신은 온전하고 냉철한 정신과는 다르게 세상을 본다. **하지만 세상을 보기는 한다.** 포의 화자들은 무섭게 술을 마셔대고, 흰 아편 가루를 손에 쥐기만 하면 흡입한다. 그리하여 그들은 몸을 떨며 정상적인 지각의 벽에 기댄다. 그렇게 "열광적인 흥분" 상태에 빠져 이 세상으로부터 "기절"한다.

기절하는 것은 물리적으로 의식을 잃는 것일 뿐만 아니라 삶의 비밀스러운 부분들, 세상을 바꿀 수 있도록 이끌어줄 수도 있는 모호한 영역을 기꺼이 그리고 열성적으로 체험하고자 함을 나타내기도 한다. 기절에는 많은 원인이 있다. 열, 놀람, 극도의 동요, 분투나 탈진 등. 또 아편이나 알코올도 기절로 이어질 수 있다. 기절을 하면 이성의 영역, 알려진 영역을 떠나 무정형의 '그럴싸한' 영역으로 간다. 이성의 영역에서 확실한 것은 기절의 왕국에서 전혀 확실하지 않다. **그 어둠의 왕국에서는 아무것도 그 존재를 입증할 수 없지만 그렇다고 비존재가 입증되는 것도 아니다.** 손에 확실히 잡히는 것은 없다손 치더라도 마음으로는 느낄 수 있으며 그것을 토대로 마음의 욕구를 키워갈 수 있다.

함정, 소용돌이, 지하묘지, 무도회장(「절름발이 개구리Hop-Frog」), 성의 방이나 작은 탑 같은 폐쇄된 공간(뇌 모양)에 대한 포의 심취는 「가구의 철학Philosophy of Furniture」이라는 에세이에서 기이한 정점에 도달한다. 이 작품에서 포는 자신이 "가장 좋아하는 방"에 대해 강렬하고 정교하게 묘사한다. 그 묘사는 강박적이다. 은은하게 빛나는 색채의 카펫과 커튼, 그림, 가구, 금박과 술 장식, 직물, 거울, 세브르 도자기 화병, 나뭇가지 모양 촛대가 있다. 포는 그것의 세세한 형태와 색깔뿐 아니라 정확한 위치까지 이야기한다. 그곳은 "모든 것이 휴식을 말하는" 방이다. 그렇지만 침실은 아니다. 마땅히 누려야 할 깊은 휴식의 정상적인 방식인 수면을 위한 침대가 없다. 소파만 두 개 있고, 포는 주인이 그중 하나에 누워 잔다고 말한다. 하지만 포가 가장 큰 가치를 두며 추구하는 것은 수면이다. 휴식이 아닌 도피를 위한 수면. 수면도 이 세상으로부터 기절해서 벗어나는 방법 가운데 하나다.

5

포의 작품은 정교하고 풍부하게 구성되어 있다. 그의 이야기들은 확실한 매력을 지니고 있으며, 그 매력은 달리 표현할 말이 없으니 그냥 오락이라고 불러도 좋다. 포의 이야기들은 무시무시하지만, 카프카의 「변신」이나 헨리 제임스의 「나사의 회전」 같은 무시무시함은 아니다. 카프카 작품의 극단적이고 섬뜩한 상징주의에도 불구하고 「변신」과 「나사의 회전」은 불편하리만큼 친숙한 세상에서 일어나며 두 이야기 다 무섭도록 절제되고 특별하지 않은 방식으로 펼쳐진다. 그 이야기들은 끔찍하고 명백하게도 우리가 아는, 혹은 쉽게 **알 수 있었던** 삶에 대한 묘사다. 반면 포의 이야기들은, 단지 이야기들이다. 무덤, 시체, 폭풍, 무너져가는 성, 지하묘지 같은 악몽의 병기들로 가득하며 늘 긴장과 불신의 가장자리에서 맴돈다. 그것들은 **이야기로서** 오싹한 전율을 주지 않은 적이 없다.

하지만 최고의 문학은 문학이기를 목적으로 삼지 않는다. 인공물이라는 한계를 넘어 복합적인 인간 기록, 언어가 아닌 현실로 이루어진 것의 일부가 되고자 애쓴다.

우리가 포의 인생에 대해 아는 사실들을 고려할 때 그의 작품들은 이 심오한 단계를 연다. 그런 고려는 까다로운 문제다. 우리 시대에는 그런 고려가 지독하리만큼 지나쳐서 오늘날 문학적 우울은 거의 다 개인적 슬픔으로 설명된다. 하지만 포의 경우는 예외적이다. 삶의 슬픔은 그가 제일 먼저 겪은 가장 깊은 삶의 체험이었다. 그것이 그의 인생관과 작품에 얼마나 심오한 영향을 미쳤는지에 대해 고려하지 않는 건 그의 작품이 지닌 예리한 슬픔과 심오한 용맹함을 놓치는 것이다.

하지만 우리는 그 문제를 다른 방식으로 고려해보기로 하자. 포가 상실을 삶의 일부로 받아들이고 살아가지 못했던 건 그의 체험에서 생겨난 반응일 뿐만 아니라 그의 극도로 비옥한 정신이 만들어낸 하나의 창작, 끝없이 반복 가능한 어둠의 모험이기도 하다. 만화경처럼 찬란한 그의 작품들은 자신과 우주와의 논쟁만이 아니라 모든 사람의 논쟁을 담고 있다.

우리 모두가 가끔은 포의 화자들과 똑같이 상황의 벽에, 우주의 한계에 저항하지 않는가? 다행히 우리는 자신의 짧은 생에 대해서는 받아들이게 되었다. 하지만 각자의 마음속에 있는 연인, 우리가 다른 사람을 **사모하는** 마음은, 아! 그건 다른 문제다.

사랑의 신비와 힘의 테두리 안에서 우리 모두는 포의 화자들처럼 사랑하는 이에게 드리워진 시간의 그림자를 끔찍하게 여긴다. 우리는 날마다 그것에 대해 생각하진 않지만 절대 잊지 못한다. 사랑하는 이가 늙거나 병들거나 결국 떠나버릴 것임을 말이다. 우리가 아무리 맹렬하게 싸우고, 아무리 다정하게 사랑하고, 아무리 격렬한 논쟁을 벌이고, 아무리 우주의 법칙을 비난하고, 아무리 교활하게 숨어도 그건 피할 수 없는 일이다. 광대한 영원 속에서 물질적이고 일시적인 모든 것은 결국 사라지며, 사랑하는 이의 존재 또한 마찬가지다. 이 우주에서 우리에겐 두 가지 선물이 주어진다. 사랑하는 능력과 질문하는 능력. 그 두 가지 선물은 우리를 따뜻하게 해주는 불인 동시에 우리를 태우는 불이기도 하다. 그것이 포의 진짜 이야기다. 우리들의 진짜 이야기인 것처럼 말이다. 바로 그런 이유로 우리는 그를 찬미하며 그의 이야기에 깊이 매료된다. 그는 우리 자신의 피할 수 없는 운명에 대해 쓴 것이다.

그의 글들과 용기는 그가 가진 전부이지만 경탄할 만한 것들이다. 「붉은 죽음의 가면The Masque of the Red Death」에서 빈 망토에 지나지 않는 낯선 이가 들어와 왕자를 시해할 때 포와 우리는 그 불가해함에 덤벼들어 연약한 주먹으로, "절망의 격한 용기로" 가망 없는 공격을 한다.

프로스트라는 이름의 남자

로버트 프로스트의 서정시에는 거의 항상 뭔가 잘못된 것이, 불만족이나 고통이 들어 있다. 시인은 설명하고 바로잡으려 한다. 하지만 그런 노력은 성공을 거두지 못한다. 그러나 그는 자신의 평온을 깨뜨리는 것이 무엇이든 그것에 종종 은유적 언어로 이름을 붙인다. 그러면서도 그의 시들은 읽거나 듣기에 무척이나 유쾌하다. 아주 대단히 유쾌하다.

사실 우리는 그의 시들에서 두 개의 다른 메시지를 듣는다. 운과 율은 **다 괜찮다**고 말하고, 시어들은 **다 괜찮지 않다**고 말한다. 그래서 그의 시들은 복합적 화법이 된다. 시어의 이해보다는 듣고 느끼는 것에 더 집중하는 대중에겐 그렇게 느껴지지 않지만 말이다. 프로스트는 그의 작품을 사랑하는 무수한 독자에게 쉽게 이해할 수 있는 작가로 여겨진다. 그의 시들은 분명하고 음악적이며 달콤쌉싸름하다. 그는 자신의 시들에서 세상의, 특히 자연계의 일들을 다소 슬픈 방식으로일지언정 즐기고 있는 것처럼 보인다.

나는 그가 즐기고 있다는 걸 전혀 못 느낀다. 그가 즐기고 있는 것처럼 느껴지는 건 세상의 무심함과 아름다움을 묘사하는 방식 때문이다. 그는 습관처럼 들판이나 산허리, 숲가에 멈추어 서서 정확하고 종종 상징적인 묘사를 한다. 프로스트의 모든 시에서는 한 남자가 사물을 보고 생각하고 느낄 시간을 갖는다. 이것은 프로스트의 작품에서 중요한 부분이다. 그러나 세상이 멋지거나 매력적이거나 심오한 장소들로 가득하다고 해도 프로스트라는 화자는 불편한 마음에서 벗어날 수가 없다.

그리고 그 고통은 결코 순간적인 것이 아니다. 평생 이어진다. 철학적이고 해결 불가능한 것이다. 프로스트의 시는 이렇게 말하는 듯하다. '인생은 내리막길이다. 인생에는 본질적이고 기억할 만한 일들이 가득하지만 그 모두가 변화를 겪으며, 살아갈수록 더 크고 심각한 걱정만이 따른다.' 이것이 내가 프로스트의 시에서 얻는 메시지다.

하지만 그런 메시지를 전하는 시인의 목소리는 믿음직스럽고 친근하다! 한결같은 약강격약한 음절 하나에 강한 음절 하나가 따라오는 시의 운율이다! 시의 운들은 악수처럼 위안을 준다! 문체는 우리 모두에게 너무도 친근하다! 프로스트의 시들은 무척 이해하기가 쉽다. 명상, 사색, 몰입, 새로운 발견, 격렬한 반응, 사랑의 탄식이 그의 분명하고 침울한 목소리로 솔직하게 표현된다. 그리고 진정 우리는 그걸 좋아한다. 무척이나 좋아한다. 우리는 프로스트라는 시인이 마법적인 것뿐만 아니라 아저씨처럼 친근한 것도 좋아한다. 그 목소리를 알아듣는 것만으로도 반쯤은 시의 내용을 이해하는 것이다. 우리는 그렇게 생각한다.

프로스트는 수십 년 동안 이 나라에서 가장 큰 사랑과 인기를 누린 시인이었다. 그는 이런 인기를 즐겼고 그로 인해 더 나아질 수 있었다. 오랜 세월 책을 출간하지도, 그 어떤 문학적 명성을 얻지도 못하자 그는 인지도에, 대중의 반응에 만족을 모르는 갈증을 품게 되었다. 그는 다정하고 상처받기 쉬운 목소리로 말하는 능력은 여전히 잃지 않았지만(「사별Bereft」「나의 11월 손님My November Guest」「어떤 찬란한 것도 오래가지 못하리Nothing Gold Can Stay」「대지를 향하여To Earthward」에서 들을 수 있는 목소리다) 자신의 영역에 많은 것들을 추가하여 위트, 세련미, 유머, 악의, 속물근성, 정치적 상식과 철학적 통찰력의 가장이 그의 일부가 되었다. 이 늦고 격렬한 개화開花는 그의 목소리를 변화시켰으며 프로스트라는 인간 또한 변화시켰을 것이다. 『서쪽으로 흐르는 개울West-Running Brook』로 시작되는 그의 후기 시들은 초기 시집에서 우리가 엿듣는 특권을 누렸던 한 사적 인간private man이 인생의 갈등을 풀어가는 이야기를 더 이상 담고 있지 않다. 후기 작품집에서 그의 시들은 오락과 선언이 되었다. 프로스트는 사적으로 어떤 감정을 느끼든 공인으로서 적절한 쾌활함을 보여야 할 의무감을 느꼈던 듯하다.

우리는 프로스트의 삶에 대해 많은 걸 알지만 우리의 최종적 짐작과 추측이 그 이상의 것이 될 수 있을 확신은 갖고 있지 못하다. 전기傳記는 사실을 최대한 수집하고 그다음 위험을 무릎쓰고 종합해야 한다. 그리하여 수년간 다정하고 매력적인 사람이라는 공적 이미지를 지녔던 그는, 우리가 읽은 걸 믿는다면, 무뚝뚝한 남편이자 아버지, 무자비하고 성마르며 야심을 숨기지 않는 인물이 된다. 어쩌면 그게 맞을 수도 있다. 아마도 부분적으로는 맞을 것이다. 하지만 우리는 그의 인생에 대한 글보다는 그의 시에서 더 유익한 시간을 보낸다. 스마트의 「아그노의 노래Jubilate Agno」부터 키츠의 「나이팅게일 송가Ode to a Nightingale」까지 모든 시들이 경험인 동시에 허구다. 우리는 시인은 소유하지 못하지만 그의 작품은 소유할 수 있다. 프로스트 시의 목소리는 그것이 프로스트 자신의 목소리든 그렇지 않든 인생을 하나의 시련으로 여기는 사람의 목소리다. 물질계가 아름다우면서도 무상하다는 것을 아는, 현실이 자신의 기대에 미치지 못함을 절감하는, 고독에 대한 갈망과 공동체에 대한 동경이 쉽게 해결될 수 없음을 느끼는, 사랑과 고통을 아는, 씁쓸함과 연결되지 않은 달콤함은 없음을 깨달은 그런 사람의 목소리다.

더욱이 프로스트의 작품 전체에서 완전히 빠져 있는 요소가 하나 있으니, 그건 바로 희열이다. 초기 시에서도, 이따금 유희와 즐거움이 넘치는 후기 시에서도 우리는 희열을 찾을 수 없다. 넘치는 만족감도, 미칠 듯한 행복감도, 유형이나 무형의 기쁨도 없다. 위트는 있다. 경이, 이성, 짧은 순간의 평온, 무수한 희망, 삶의 무게를 늘 꿋꿋이 견디는 자세도 있다. 하지만 절정은 없다. 바람의 휘파람에 마음을 빼앗기는 일, 등골과 장기가 반응하는 희열이 없다.

대신 그 반대인 절망과 불굴의 용기는 프로스트의 작품 중심에, 그가 그리는 혹독한 뉴잉글랜드 시골 풍경의 중심에 강한 정서로 자리하고 있다. 언덕 아내는 외로움을 견디지 못하고 양치식물 숲으로 달려 들어가 영영 보이지 않는다. 꿀풀이라고 불리는 흰 잡초에 쳐놓은 거미줄의 흰 거미는 흰 나방을 잡아먹는다. 밤의 지인은 인간관계에 대한 영원히 해결될 수 없는 갈망을 품고 텅 빈 거리를 걷는다. 시인은 가지 않은 길, 땅에 뿌리를 박은 나무들의 불안, 자연의 찬란한 아름다움의 빠른 쇠락, 눈 덮인 언덕에서 뛰노는 달아난 망아지가 맞닥뜨릴 위험, "부드러운 바람과 솜털 같은 눈"의 세계에서 잠시 쉬고픈 갈망에 시달린다. 극적인 시들에서는 고용인이 죽고, 튀어오른 둥근 톱에 손이 잘린 어린 소년이 죽고, 공장에서 사고로 발이 잘린 사람이 고작 500달러를 받는다. 그런 이야기가 등장한다.

그럼에도 그의 언어는 시종일관 헤릭Robert Herrick, 17세기 영국 서정시인으로 격조를 갖춘 목가적 서정시들을 발표했음만큼이나 달콤하다. 그의 시들은 매우 기분 좋은 **형식**을 취하고 있다. 그리하여 프로스트는 종종 경쾌한 리듬으로 떠다니거나 필사적인 맹렬함으로 헤치고 나아가려는 듯하다가 스스로 고삐를 당긴다. 경이로운 절제다. 풍성하고 깊은 울림을 지닌 그의 시어들은 어둡고 깊다. 절제는 거기서 그치지 않는다. 짝을 이루는 행의 운과 길이가 정확히 맞아떨어진다. 어쩌다 작은 자유가 허락된다 해도 하나의 강음절(강세음절)이 추가되는 것에 지나지 않는다. 짝을 이루는 행이 10음절이면 11음절을 사용하는 정도이며, 이는 경계를 늦춘 것이라기보다는 토속어의 탄력성을 나타낸 것이라고 볼 수 있다. 그의 시들은 행의 시작 부분뿐 아니라 끝 부분도 엄격하게 맞추어져 있다. 프로스트 시의 형식의 문제에서 우리는 확신에 차 있고 안전하다. 시의 내용이 아무리 고통스럽고 해결 불가능해도 시인은 균형을 잃지 않았으며, 우리 또한 그럴 수 있다. 균형, 절제, 한결같음, 잘 통제된 합리적인 혀, 사물들에서 다른 무엇을 보든 그 아름다움만은 놓치지 않는 눈…… 이것은 승리다. 프로스트는 어떤 실망과 비애를 느꼈을지라도 그것을 꿋꿋이 헤치고 나아가 시라는 완벽한 우리를 만들어 그것을 가뒀다. 그는 쓰러지지 않았고, 그의 시들도 쓰러지지 않는다. 우리가 위대하고 훌륭한 시인을 찾는 건 조언을 얻기 위해서다. 경험의 혼돈에 대항할 버팀목을 얻기 위해서다. 확고한 형식과 달콤한 언어는 프로스트가 우리에게 주는 선물이다.

하지만 그것이 선물의 전부는 아니다. 프로스트의 가시투성이 슬픔과 절망도 선물에 넣어야 한다. 프로스트의 불행은 즐거운 광채를 발한다. 그는 무수히 절망에 빠지지만 다시 눈을 떠 별을 본다. 그렇다. 프로스트의 선물 전부를 받기 위해선 빛과 더불어 어둠도 포용해야만 한다. 그는 뿌리의 아우성 없이는 나무의 지저귐을 들을 수 없고, 황금빛 이파리도 가까워진 죽음의 징조와 더불어서만 볼 수 있고, 부드러운 바람과 솜털 같은 눈송이도 그것을 토해내는 거대하고 냉혹하고 무심한 자연의 장치와 동떨어진 것으로 볼 수 없었던 듯하기 때문이다.

나의 11월 손님

로버트 프로스트

나의 슬픔은, 그녀가 여기 나와 함께 있을 때
가을비 내리는 이 음울한 날들이
더할 수 없이 아름답다고 생각하네.
그녀는 벌거벗은, 메마른 나무를 사랑하네.
그녀는 비에 젖은 목장길을 거니네.

그녀의 기쁨은 나를 머물게 하지 않을 것이네.
그녀는 이야기하고 나는 기꺼이 들어주네.
그녀는 새들이 떠난 걸 기뻐하네.
그녀는 자신의 소박한 잿빛 털실 옷이
안개가 맺혀 은빛으로 변한 걸 기뻐하네.

쓸쓸한, 버려진 나무들
빛바랜 대지, 무거운 하늘
그녀가 진정으로 보는 아름다움들
그녀는 내가 그것들을 보는 눈이 없다고 생각하고
그 이유가 뭐냐고 성가시게 물어대네.

내가 눈 내리기 전
벌거벗은 11월의 날들의 사랑스러움을
알게 된 건 어제의 일이 아니라네.
하지만 그녀에게 그런 말을 하는 건 헛된 일
11월은 그녀의 찬양에 더 잘 맞는다네.

기도로서의 시, 장식으로서의 기도: 제라드 맨리 홉킨스

제라드 맨리 홉킨스의 기독교 신앙과 엄격한 예수회의 세계에는 늘 그리스도의 사랑과 희생이라는 비길 데 없는 선물이 존재하며, 그 선물은 모든 것의 본보기가 된다. 그리고 언제나 등장하는 마리아 이야기가 있다. 마리아의 자비와 중재 능력. 이 두 존재 사이에서 홉킨스의 시들은 찬양하고 약동한다. 찬양하고 전율한다. 찬양하고 무릎 꿇는다. 찬양하고 자책한다. 그의 시들은 환희와 고통, 신의 완벽함과 시인의 서투름과 불완전함에 대해 노래한다.

홉킨스는 예수회에 들어가면서 과거에 쓴 시들을 모두 파기했다. 더 이상 시를 쓰지 않을 작정이었던 것이다. 그에게 시인으로 사는 압박감이 얼마나 컸는지, 그것이 예수회원이 되고자 하는 그의 확고한 결심에 방해가 되었는지 그렇지 않았는지는 오직 홉킨스만이 알리라. 그러니 그의 절필에 대해 궁금해하는 건 무익한 일이다. 우리가 아는 건, 다시 시를 쓸 기회가 찾아왔을 때 그가 기꺼이 그 기회를 잡았다는 사실이다. 폭풍으로 난파된 도이칠란트호에 타고 있던 프란체스코회 수녀 다섯 명이 익사한 사건에 대해 한 주교가 언급하며 누가 도이칠란트호를 추모하는 글을 써주었으면 좋겠다고 하자 홉킨스가 그 일을 맡겠다고 나선 것이다. 「도이칠란트호의 난파The Wreck of the Deutschland」는 홉킨스에게 인기를 안겨주지 못한 길고 어려운 시였지만, 기법과 주제(신앙이라는 테두리 안에서의 확고한 논리와 찬양) 두 가지 면에서 이후 모든 작품들의 원형이 되었다. 홉킨스는 기독교에 대한 엄격한 해석, 희생은 축복이고 방종은 진짜 죽음이라는 것에서 절대 흔들림이 없었다. 그에게 풍경, 수로, 잡목림, 그리고 특히 매년 선물처럼 찾아오는 봄 같은 자연을 느끼는 것은 절제와 노동, 겸손으로 점철된 삶에서 하나의 탈출구였으며, 그는 이 자연에서 신의 증거를 읽었다. 그는 오직 자연과 함께할 때만 "그저" 즐길 수 있었다.* 그리고 그 결과 우리가 알고 사랑하는 시들이 탄생한다. 명상도 질문도 없이 늘 즐거운 몰입만이 존재하는 열정과 감사의 경이로운 서정시들. 그 시들은 기도다. 장식이다. 향유다.

홉킨스의 시는 프로스트의 시처럼 분명히 알아볼 수 있다. 어조, 시어, 리듬 등등에서 그만의 특징이 보인다. 말하는 것과 신기할 정도로 유사한 시어를 쓰는 프로스트와는 달리, 홉킨스의 시들은 전혀 자연스러운 소리로 들리지 않는다. 홉킨스는

---

*그가 자연 속에서는 적어도 휴식을 취할 수 있었다고 말하고 싶은 사람도 있을 것이다. 하지만 '휴식'은 홉킨스에게 쓰기엔 지나치게 자유롭고 편안한 단어다.

일상적인 말이나 글과는 차별을 두고 싶어 했으며 일관성 있는 자연스러운 표현을 닮은 운율 구조와 시어를 피했다. 그는 자신의 시가 평범한 세상을 넘어선 열렬하고 화려한 선언이기를 원했다. 그것들이 질문의 불안 속에서가 아니라 촛불과 함께, 숨찬 웅변, 확신의 위용과 함께 존재하기를 원했다.

홉킨스는 자신의 기법에 대한 서술과 설명에 많은 시간을 바쳤는데, 그 중심에는 '도약율sprung rhythm, 고대 영시와 닮은 독특한 리듬으로 홉킨스가 명명함. 첫 음절에 강세가 오고 다양한 개수의 약음절이 이어지는 형태'이 있고 'hangers' 'outrides'운보에 추가되나 명목상의 율독에 포함시키지 않는 하나 혹은 둘 혹은 세 개의 약음절을 말하며 시행 아래 매달려 있어서 'hanger', 시행과 다른 차원에서 앞이나 뒤로 나아가서 'outride'라는 명칭이 붙음 같은 용어들을 포함하는 장치를 사용한다. 사실상 그건 강세운문accentual verse, 음의 강약을 리듬의 기초로 삼는 시이고 논리적 억양에 따른다. 한 행에 네 개 혹은 다섯 개의 강세음절이 있고 가끔은 그 규칙에 따르기 위해 합성어를 한 강세 안에 압축하기도 하며 그로 인해 전체의 밀도가 높아진다. 솔직히 말하자면, 홉킨스의 시들을 읽는 데는 그가 한 설명의 반도 필요치 않다. 더 솔직히 말하자면, 그의 설명이 너무 자세하다 보니 도움보다는 오히려 방해가 된다. 그의 시들은 읽기 어렵지 않다. 나름의 방식으로 유려하며, 강조 부분들이 분명히 드러나 있다. 예기치 못한 경과나 연결, 결합이 존재하지만 그래도 어려움 없이 읽고 이해할 수 있다. 그리고 거의 모든 시들이 그러하듯 홉킨스의 시들도 이따금 잠깐씩 가장 오랜 역사를 지닌 친근한 운율 패턴을 이용한다. 설명이 과하다고 해도, 형식 자체는 홉킨스에게 도움이 되었다. 명상과 응답을 향한 전진은 단순한 언어와 분명하고 신뢰할 만한 패턴의 덕을 보고 그로 인해 독자는 그 모든 단계를 신중히 흡수할 수 있다. 찬양시들은 그런 단계적 장치를 필요로 하지 않고 시인에게 느껴지는 것처럼 독자에게 다가올 수 있다. 급하게, 물보라로, 구르고 달려서, 압박으로, 거북할 정도의 지나침으로, 풍부함으로, 빛처럼 내달리는 날카로운 행복의 말발굽으로. 홉킨스 시는 분명 환희에 차 있다.

나는 걷는다, 나는 들어 올린다, 들어 올린다 가슴을, 눈을
구세주 얻기 위해 천국의 모든 영광을 본다

하지만 모든 인생에는, 홉킨스의 인생처럼 짧은 생에도 함정이 가득하다. 우리가 가장 잘 아는 홉킨스는 「황조롱이The Windhover」「추수철의 환호Hurrahing in Harvest」「신의 장엄함God's Grandeur」을 쓴 사람이다. 하지만 홉킨스는 혼란 속에서 산 사람이기도 하다. 분명 그는 각각의 시에 엄청난 에너지를 쏟아부으면서도 기도와 자신이 수행해야 할 여러 의식들에도 정성을 아끼지 않았을 것이다. 그의 일상적 신앙은 심층적 빛이었을 것이다. 신, 그리스도, 성모마리아는 그의 시에 늘 존재하며, 세속적이고 상징적 형상들에서 발견되고 재발견된다. 하지만 아무리

신앙심 깊은 사람도 어떤 의미에서는 수동적이다. 인간은 은총을 받는 존재며, 자신의 운명을 스스로의 힘만으로 만들 순 없기 때문이다. 인간은 은총 속에 살지 않으면 지옥에 사는 것이다. 신앙인에게 지옥이란 신이 존재를 감춘 장소와 시간을 의미하니까.

홉킨스에게도 그런 시련과 절망이 찾아왔다. 시를 쓸 때의 에너지가 사라졌다. 신의 존재가 느껴지지 않았다. 이 시기에 그는 지금 우리가 '끔찍한 소네트들'이라고 부르는 시를 썼고 확실히 그 시들은 끔찍하다. 그는 황폐한 마음으로 그 시들을 썼다. 그답지 않게 단순한 시어를 사용했고, 평소의 길고 이음매 없는 문장이 아닌 불행의 답답한 머뭇거림이 느껴지는 문장을 썼다. 그의 찬양시들이 가끔 지나치게 단 케이크 같다면 이 소네트들은 말라비틀어진 빵껍질이라고 할 수 있다.

홉킨스는 천성적으로 무거운 침잠이나 격앙된 절정의 삶을 살아야 했다. 그런 삶은 시를 쓰는 데는 유익했으며, 그 풍성한 밀도와 희열이 심원하고 장엄한 세계를 만들었다.

시인이자 종교인이기도 했던 홉킨스의 격렬함을 신의 증거를 나열한 단순한 단어들을 초월해 신과 완전히 합일하고자 하는 소망으로 보는 것은 불합리한 일이 아니다. 그것이 신비주의자의 뜨거운 열망이다. 불가능하지만 늘 존재하는 열망. 사람들은 전력을 다해 그 열망을 품고 산다.

물론 그런 사람들은 반드시 전통적 의미의(즉, 공인된 교리에 따르는) 종교를 가져야만 하는 것은 아니며 많은 이들이 종교를 갖고 있지 않다. 비종교적 신비주의자들은 일반적으로 창조주나 신비주의의 중심(이 중심을 어떻게 정의하든)에 더 가까워지기 위해 직관 외에는 할 것이 없다. 하지만 이런저런 교회나 교단에 속한 사람들은 신에게 가까이 가기 위해 수행해야 할 의식과 지켜야 할 규칙이 있다. 어떻게 살아야 하고 무엇을 해야 하며 무엇을 하지 말아야 할지에 대한 정확하고 엄격한 처방이 있다. 그리고 세상의 모든 교단 가운데 예수회보다 엄격한 곳은 없다. 예수회의 규율과 금욕, 노동은 모두 혹독하다. 실제로 홉킨스 자신도 그것이 힘든 삶이었음을 인정했다.

하지만 내가 말하고자 하는 바는 단순히 홉킨스가 그런 삶을 힘들어했다는 사실이 아니다. 그 혹독한 '프로그램'에는 신에게 가까이 가려면 더욱더 엄격한 행동 양식, **더 많은** 기도와 일과 금욕이 필요하다는 강한 암시가 들어 있었다. 그것이 예수회를 만든 로욜라의 방식이었고, 홉킨스는 그 방식을 택했으며 결국 지칠 대로 지쳐버린다. 겸손에서 잉태된 그런 행동 양식은 종국에는 극기라기보다는 자기 착취가 되고 더 이상 겸손이 아닌 것이 되어 문제를 복잡하게 만들어버린다. 홉킨스는 말년에 피로감을 숨기지 못했다. 그는 마흔다섯 살에 장티푸스에 걸렸고 그 병으로 생을 마감했다.

홉킨스의 영혼에서 아낌없이 솟아난 시들에 우리는 깊이 감사한다. 그가 서서히 절망에서 벗어나 말년에는 다시 천국의 빛에 둘러싸인 기분을 느끼게 된 것에도 감사한다. 그는 "제비꽃처럼 사랑스러운" 신이 돌아왔다고 느꼈다. 실제로 그의 마지막 시들은 다른 작품들에 비해 생기 가득하고 자신 있고 불확실성에 대한 두려움이 덜하며, 위풍당당하기까지 하다. 그리고 마침내! 그는 죽기 직전에 "나는 참으로 행복하다. 참으로 행복하다"라고 말했다.

추수철의 환호

제라드 맨리 홉킨스

이제 여름 끝나고, 이제 야만적으로 아름다운, 난가리 주위에
쌓인다, 그 위, 아 바람의 길! 아 비단자루 구름의
아름다운 모습! 저보다 더 거칠고, 제멋대로 물결치는
곡식가루 먼지 뭉쳤다 하늘로 흩어진 적 있을까?

나는 걷는다, 나는 들어 올린다, 들어 올린다 가슴을, 눈을
구세주 얻기 위해 천국의 모든 영광을 본다
눈으로, 가슴으로, 그 어떤 얼굴, 그 어떤 입술이
저보다 더 참되고 완전한 응답을 담은 황홀한 사랑의 인사를 건넬 수 있을까?

그리고 저 푸른 언덕들은 세상을 다스리는 그의 어깨
건장한 종마처럼 장엄하고, 제비꽃처럼 사랑스러운!
그것들이, 그것들이 여기 있지만 보는 이
없다, 그 둘이 만나기만 한다면,

가슴은 날개를 대담하게 더 대담하게 들고

그를 위해 내던지리, 오 그를 위해 그의 발아래 세상의 반을 내던지리.

휘트먼에 대한 몇 가지 생각들

1

윌리엄 제임스는 『종교적 체험의 다양성』이란 저서에서 신비적 체험의 네 가지 특징을 이야기한다. 그중 첫째가 그런 체험은 "표현이 불가능해 그 내용을 말로 적절히 설명할 수가 없다"는 것이다.*

시인이라면 누구나 그런 좌절감을 안다. 창작의 목표는 접근 가능하되 영원히 도달할 수 없는 것이기 때문이다. 하지만 휘트먼은 『풀잎Leaves of Grass』을 집필하면서 보통의 경우보다 더 찬란한 고난과 씨름했을 것이다. 그의 작품에는 신비적 농밀함과 분투, 영혼이 이례적인 흥분과 충동에 의해 움직인 듯한 정서가 존재한다. 휘트먼이 실제로 신비적 체험을 했든 하지 않았든** 그의 감성은 너무도 열정적이고 긍정적이고 낙관적이어서 신비의 구름이 떠도는 가운데서 시를 쓴 것으로 보아야 마땅

---

* 『종교적 체험의 다양성The Varieties of Religious Experience』(뉴욕 라이브러리 오브 아메리카, 1987) 343, 344쪽에서 인용.

** 앞의 책 357쪽에서 인용.

하다. 분명 그는 파라다이스가 여기에, 이 시간, 이곳에 있다고 믿었다. 그러면서도 그는 신비주의자처럼 뭔가 다른 사람, 동떨어진 사람이었다.

윌리엄 제임스가 말한 신비적 체험의 나머지 특징은 다음과 같으며 이 특징 역시 『풀잎』의 시와 일맥상통한다. 신비적 진술들은 "조명이고 계시이며 (…) 대체로 미래에 대한 묘한 권위를 지닌다." 그런 진술들은 "오래 지속될 수 없으며", 신비주의자들은 "자신의 의지가 중단된 것처럼 느끼고 가끔은 우월한 힘의 손아귀에 들어 있는 듯한 기분을 느낀다."

휘트먼은 1855년에 12편의 시와 서문이 하나의 작품으로 합쳐진 『풀잎』을 출간했다. 그는 이후 다른 시를 쓰지 않고 계속해서 『풀잎』의 개정 증보판만 냈다. 다듬고 추가하고 반복하여 주입하는 작업만 한 것이다. 더 나은 효과를 노린 경우를 제외하고는 새로운 주제를 택하지도, 그 열광적 테너의 목소리를 바꾸지도, 열거와 수사rhetoric와 에로티시즘의 성향을 부인하지도, 운율을 다듬지도, 천둥 같은 소리나 달콤함을 완화시키지도 않았다. 그의 메시지는 처음부터 분명했고, 끝까지 변함이 없었다. 더 나은, 더 풍요로운 삶이 우리에게 가능하다는 것이었다. 그는 개개인의 영혼을 위해, 우주를 위해 혼신을 다해 그 메시지를 전했다.

그의 방법이 논증적이기보다는 암시적이고, 독자를 성찰보다는 응답으로 이끄는 건 그의 힘과 목적의 근원에 대한, 그리고 임무의 무게에 대한 또 다른 단서가 될 수도 있다. 만일 실제로 그가 신비적 상태를 체험했다면, 혹은 강력한 신비적 암시의 자취라도 보았다면, 윌리엄 제임스의 말이 옳다. 그는 축복을 받은 동시에 짐을 진 것이다. 그걸 적절하게 설명할 수가 없었을 테니까. 그는 그저 일깨우고 암시하고 질문하고 애원할 수 있었을 뿐이다. 그리고 『풀잎』은 진실로 하나의 설교요 선언이며 유토피아의 기록, 사회계약, 정치적 진술, 그리고 변화에의 초대다. 우리는 작품 전체를 통해 휘트먼의 강력한 설득력인 그의 진정성을 본다. 그리고 그의 시가 한결같이 지향하는 기적의 응답을 느낀다.

2

시들 앞에 위치한 '서문'이라는 산문은 광범위하고 독단적이다. 거기엔 에머슨이 생각과 말로 존재한다. 에머슨의 에세이 「미국의 학자The American Scholar」 「시인The Poet」에서 가져온 구절을 휘트먼 자신의 것처럼 못박아놓았다. 휘트먼은 에머슨이 그랬던 것처럼 자신의 작품이 유럽의 전통에서 벗어나 미국의 물리적 풍경과 정신적 영역을 추구할 것을 요구한다. 그리고 시인에게는 광대하고 낭만적인 정신적 과업과 신성함에 가까운 진지함을 요구한다.

『풀잎』 1855년 판에 든 12편의 시들은 하나의 거대하고 빛나는 알프스와 그 기슭에 자리한 쉽게 정복할 수 있는 작은 구릉들로 이루어져 있다. 제일 먼저 등장하는 「나 자신의 노래Song of Myself」*가 가장 길고 중요한 시다. 이 시가 알프스다. 독자가 이 기나긴 여정에 끝까지 '함께할' 수 있다면 진정한 여행을 해낸 것이다. 시가 독자에게 요구하는 중요한 내용들이 여기 밝혀져 있고 첫 6행에 첫 번째 필수적 가르침이 들어 있다.

> 나는 나 자신을 찬양한다,
> 내가 그러하듯 그대도 그럴 것이다,
> 내가 가진 모든 원자를 그대도 갖고 있을 테니까.
>
> 나는 빈둥거리며 내 영혼을 불러낸다,
> 나는 편안히 기대어 빈둥거리며 여름풀의 싹을 들여다본다.
>
> —「나 자신의 노래」 1부(27쪽)

이 시행에서 위대한 일이 시작되고, 성공의 비결이 나타난다. 그렇다면 그 위대한 일은 무엇인가? 외부에의 관심, 교감, 공감,

* 이 시의 쪽수 표시는 『월트 휘트먼: 시와 산문 모음집Walt Whitman: Complete Poetry and Collected Prose』(뉴욕 라이브러리 오브 아메리카, 1982)을 기준으로 했다. 이하 모든 쪽수 표시 또한 이 책 기준이다.

자신으로부터 다른 모든 이에게로의 초점 이동, 외롭고 혼자인 자아와 경이롭고 절대 외롭지 않은 전체의 합일. 그게 전부다. 나머지는 문학이다. 단어들, 단어들, 단어들. 예, 비유, 묘사, 서정적 표현, 달콤함, 설득, 수사적 강조, 열거의 무게. 그 상세함과 속도감, 정교함은 필수적인 동시에 부가적이다. 이건 긴 시이고 하나의 주장이 아니라 천 개의 예다. 휘트먼의 주제를 천 가지로 노래한 것이다. 만일 이 작품이 간결했더라면 기대한 목적을 이루지 못했을 것이다. 휘트먼이 추구하는 건 느끼는 체험이니까. 그는 체험만이 우리를 성공적으로 설득할 수 있다고 생각했다.

> 논리와 설교는 결코 확신을 주지 못한다,
> 밤의 습기가 내 영혼 속으로 더 깊이 스며든다
>
> —「나 자신의 노래」 30부(56쪽)

다른 사람의 책에서라면 사족이나 과장이 될 수도 있는 것이 여기에서는 중대하고 필수적인 장치의 일부가 된다.

『풀잎』의 독자는 특히 첫 부분에서 주요 참가자가 되어 이 '느낌의 극장'에 친절하게 초대된다. 「나 자신의 노래」에는 질문이 간간이 섞여 있다. 그리고 시의 끝 부분에 이르면 질문이 빗발친다. 그 많은 비딱하고도 대답할 수 없는 질문은 독자로 하여금 익숙한 영역에서 벗어나 자신의 영혼을 일깨우고 세상을 바꾸는 체험을 할 수 있도록 도와준다.

그대는 천 에이커가 많다고 생각했는가? 그대는
땅이 대단하다고 여겼는가?

—「나 자신의 노래」 2부(28쪽)

그대는 젊은이들과 노인들이 무엇이 되었다고 생각하는가?

—「나 자신의 노래」 6부(32쪽)

누가 합일을 두려워하는가?

—「나 자신의 노래」 7부(33쪽)

움직이는 영혼들 (…) 돌들의 작디작은 알갱이도 보이는데,
영혼들은 보이지 않는가?

—「나 자신의 노래」 8부(34쪽)

멍에를 흔들거나 그늘 속에 멈춰 선 황소들아, 너희는
눈으로 무엇을 표현하느냐?

—「나 자신의 노래」 13부(37쪽)

어쨌든 인간은 무엇인가? 나는 무엇인가? 그리고 그대는 무엇인가?

—「나 자신의 노래」 20부(45쪽)

내가 기도하게 될까? 내가 공경하며 의식을 치르게 될까?

—「나 자신의 노래」 20부(45쪽)

전부 다 해서 60개가 넘는 질문이 있고 어느 것 하나 쉽게 답할 수가 없다.

그 질문들은 답을 원해서가 아니라 영혼을 일깨우기 위해 존재하는 것이리라.

문에서 자물쇠를 떼어내라!

기둥들에서 문을 떼어내라!

—「나 자신의 노래」 23부(50쪽)

「나 자신의 노래」에서 휘트먼은 여지를 두지 않는 강한 어조로 독자를 초대한다. 황홀경, 신비주의, 절박함, 유혹, 활짝 벌린 두 팔, 그리고 독자를 약탈당한 기분과 고양감, 기진한 기분에 젖게 하는 그 모든 질문들.

그리고 놀랍게도 긴 하강이 시작된다. 나머지 11편의 시는 다양한 어조와 의도를 지녔다. 62쪽에 달하는 「나 자신의 노래」에 비해 이 각각의 시는 놀라울 정도로 짧다. 이 시들에서도 「나 자신의 노래」의 작가가 계속해서 이야기하지만 더 편안하고 덜 광범위하며 덜 절박하다. 그리고 점차 우리와 감정적 거리를 두고 있다.

두 편의 시는 11쪽, 또 다른 두 편은 7쪽, 나머지 일곱 편은 4쪽 정도 되거나 그보다 짧다. 「잠자는 사람들The Sleepers」은 어루만져주는 손길이 느껴지는 듯하고, 「나가는 아이가 있었다There Was a Child Went Forth」는 나무랄 데 없이 다정하고, 「보스턴 발라드A Boston Ballad」는 놀라운 연극조로 자리하고 있지만, 그 어떤 시도 천둥 같은 소리와 달콤한 키스, 함축을 지닌 「나 자신의 노래」에 감히 범접하지 못한다. 이 시의 불길은 너무도 뜨겁고 변화를 불러일으키는 그 힘은 너무도 눈이 부셔서 느린 하강이 이어져야만 하며 휘트먼도 그 사실을 알았다. 지나치게 눈부신 빛에서 나온 광기. 휘트먼은 광기를 추구하지 않았다. 무모함조차 추구하지 않았다. 친밀감과 기능의 평온을 추구했다. 즐거움을 추구했다. 인간 내면의 빛은 희귀하지도 않고 소수만의 것도 아니며, 경건하고 흔하며 인정된 것이라는 존재에 대한 믿음을 추구했다. 그래서 그는 다시금 세상에 뿌리를 박아야 했다.

3

어느 날 나는 그 긴 첫 시와 씨름하다가 불만을 터뜨렸다. 휘트먼은 오페라, 오페라, 오페라만 부르고 있어! 나는 지친 기분으로 외쳤다.

사실이다. 휘트먼의 일깨움과 함축의 어조는 오래도록 완화

되지 않는다. 하지만 그건 너무나도 진지한 그의 목적을 위해 꼭 필요한 것이다. 휘트먼에게선 이를테면 에드거 앨런 포가 이용한 기발하거나 상세하고 다채로운 오락적 공포를 찾아볼 수가 없다. 포 역시 무척이나 진지했지만 오락의 유용성을 알고 그것을 이용했다. 그러나 휘트먼은 그렇게 하지 않았고 서술의 확장조차 하지 않았다. 「나 자신의 노래」와 그 외의 시들에는 초상과 예만 이어진다. 그것들은 눈 깜짝할 사이에 열렸다가 다음 순간에 닫힌다. 그건 이야기가 아니다. 흘끗 봄이고 가능성이다. 그것들은 다른 생에서의 우리가 될 수 있으며 독자에게 비싼 대가를 기대한다. 우리는 시행 위를 미끄러지듯 나아갈 수 없고 상상으로나마 다른 운명을 받아들여야 한다.

맑은 음성의 알토 가수가 오르간석에서 노래한다,
목수는 널빤지를 다듬고 (…) 그의 막대패의 혀는 거칠게 솟는
혀짤배기 소리로 휘파람을 분다

—「나 자신의 노래」 15부(39쪽)

신부는 하얀 드레스의 주름을 편다, 시계의 분침은 천천히 움직인다

—「나 자신의 노래」 15부(41쪽)

조타수는 조종간을 잡고 강한 팔뚝으로 배를 기울인다 (…)

부제들은 제단에서 두 손을 모으고 성직을 받는다 (…)

확진된 정신병자는 결국 정신병원으로 실려간다

—「나 자신의 노래」 15부(39쪽)

모두가 잊을 수 없는 모습들이다. 심지어, 아니 어쩌면 특히 다음 장면도.

(…) 문에서 엿보다 사라져 다시는 보이지 않게 된
어린아이도

—「나 자신의 노래」 43부(78쪽)

휘트먼은 이런 초상들과 빠르게 스쳐 가는 본질적인 순간을 그리면서 현실 세계의 세세한 부분에까지 너무도 요란하고 성실한 관심을 보여 이 긴 시는 초현실적이라기보다는 현실적이라고 할 수 있다. 약강격 운율과 단락점을 지닌 이 시는 말과 비슷하지만 다른 점도 있다. 말이 너무도 기꺼이 갖는 특징들(불확실성, 겸손함, 반복적 정확성보다는 표현을 향한 시도에 치중하는 느낌)이 결여된 것이다. 휘트먼이 넘치게 지닌 건 확실성과 가장 보잘것없는 미물까지도 소유한 중심 잡힌 명확성이다.

그런 강렬함에도 휘트먼의 작품은 문법적으로 타당하며 정해진 규칙에 따른다. 홉킨스가 과감히 시도한 구문의 압축과 대비되는 이런 문법적 안정성은 시를 이해하기 쉽고 유연하게 만들며 신뢰성을 준다. 이 신뢰성은 휘트먼이 필요에 따라 온화하거나 격정적일 수 있는 능력을 지니도록 도와준다. 그의 문체는 여러 요소로 이루어져 있지만 복잡하지는 않다. 그의 어조는 다양하다. 예언적이기도, 다정하기도, 애국적이기도, 저널리스트적이기도, 열정적이기도, 친근하기도, 관능적이기도 하다. 집요함과 과도함은 본래 미덕이 아니지만 휘트먼은 자신의 목적을 위해 그것을 미덕으로 만든다.

그래도 여전히 이해하기 힘든 문제들이 남는다. 다정함이 어떻게 섬세한 척 고상을 떠는 태도로 보이지 않을까? 권위는 어떻게 거만함을 피하는가? 반복되고 반복되는 운율은 어떻게 영혼을 잠재우는 대신 일깨우는 역할을 할 수 있을까?

대부분의 글이 멀리 있는 소수나 다수의 독자들을 상정한다. 그러나 『풀잎』은 한 사람의 친밀한 독자를 상정한다. 단 한 명의 화자의 말을 주의 깊게 경청하는 단 한 명의 독자. 『풀잎』은 각각의 독자에게 개인적으로 다가간다. 독자에게 멘토가 되어주고, 관심을 가져주며, 친밀하다. 스승과 설교자의 목소리를 갖고 있지만 그들의 범위를 넘어선다. "닿음은 기적이다." 휘트먼이 작업 일지에 쓴 말이다. 『풀잎』의 긴 시들 속의 언어는 정신적이고 육체적인 닿음이다.

4

고독은 휘트먼의 충실한 벗이자 자극제였으며 필수적 타자 necessary Other였다. 그의 사적인 삶, 직업적 삶, 젊은이에 대한 미화된 묘사, 육체적 즐거움에 대한 강렬하고 긴 언급들 도처에서 우리는 고독을 본다. 작가는 자신이 아는 것, 잘 아는 것에 대해 쓴다고 여겨진다. 하지만 반드시 그런 건 아니다. 작가는 자신이 갈망하거나 꿈꾸는 것, 억누를 수 없는 꿈속에서 몹시도 상세하고 가혹하리만큼 솔직하게 나타나는 것에 대해 쓸 수도 있다. 휘트먼은 어른이고 고독한 남자였다. 성적 갈망은 마부들, 선원들, 부두의 건달들로 대표되는 자유분방하고 으스대기 좋아하는 남성의 전기를 띤 에너지와 쉽게 어우러지는 강렬한 고음의 음악이다. 우리가 달리 뭐라고 말할 수 있을까? 우리가 달리 무엇을 알 수 있을까? 그건 사소하거나 지나가는 고독이 아니었다. 육체적인 고독만도 아니었다. 치명적이라고 할 수 있는 고독이었다.

> 옷 벗고 누워 잠자는 사람들은 참으로 아름답다,
> 그들은 옷 벗고 누워
> 손에 손 잡고 동에서 서로 온 세상을 흘러간다
>
> —「잠자는 사람들」(115쪽)

그의 숨결, 그의 야망은 이 고독에서 시작되었다. 고독이 없었다면 그는 격정적으로 끝없이 작품에 매달리지 않았을지도 모른다. 그의 광시곡에 약간의 절제가 가미되었을지도 모른다. 분명 그는 고독이 없었더라면 우리가 시인 휘트먼이라고 칭할 때 의미하는 그 휘트먼이 되지 못했을 것이다.

> 어둠이여, 그대는 내 연인보다 부드럽다 (…) 그의 육신은
> 땀에 젖어 헐떡였다,
> 그가 떠난 뒤에도 나는 그 뜨거운 습기를 느낀다.
>
> —「잠자는 사람들」(109쪽)

에로티시즘과 신비주의는 낯선 것이 아니다. 그것은 폭풍과도 같다. 그것과 결합하기를 갈망하고 그 갈망을 이루는 사람을 익사시킨다. 그것은 우리를 평범한 삶에서 불러내어 새로운 기준을 갖게 한다. 휘트먼에게 에로틱한 육체의 삶은 '에로틱'이라는 단어가 지닌 모든 의미에 덧붙여 그것 자체의 음악, 권위, 우리 주위를 반짝거리게 만들어 마치 새로운 세상이 펼쳐진 것처럼 느끼게 하는 것까지를 포괄한다. 윌리엄 제임스의 신비적 체험의 네 가지 특징들은 에로틱한 삶에도 그대로 적용될 수 있다. 휘트먼은 육체의 긍정적 삶(나는 육체의 광휘라고 말하고 싶다)을 옹호하며 그와 동시에 변화를 불러일으키는 힘과 동맹을 맺었다. 그는 신비주의자였을까? 내가 할 수 있는 대답은, 에머슨이 종교적 인물이었던 것과 같은 의미에서 휘트먼은 분명

종교적 시인이었다는 것이다. 에머슨에겐 삶 자체가 빛이었다. 자신의 과수원에 찾아온 봄처럼 맑고 투명한 빛이었다. 휘트먼에게 삶은 뜨겁게 타오름, 무거운 의도, 현기증, 전율, 합일이었다.

에로티시즘은, 에로티시즘 그 자체와 은유로서의 에로티시즘 둘 다 『풀잎』이 옹호하는 건강하고 무겁고 씨앗을 품은 영혼의 삶이다. 휘트먼은 그런 옹호로 인해 받은 비판이 분명 실망스러웠겠지만 작품을 고치지 않았다. 음란하고 천하다는 말을 듣는 것에 경악했겠지만 아무것도 고치지 않았다. 자신의 우주론 가운데 이 부분을 삭제하거나 희석하는 건 있을 수 없는 일이었다. 그가 말하고 싶어 했던 모든 것의 중심이었으니까.

> 아름답고 기이한 숨 쉬고 웃는 육체에 둘러싸이는 것으로 충분하다는 것을,
> 그들 사이를 지나는 것…… 어느 한 사람을 만지는 것……
> 그나 그녀의 목에 나의 팔을 잠시 가볍게 두르는 것……
> 그렇다면 이것은 무엇인가?
> 나는 더 이상의 기쁨은 요구하지 않는다…… 나는 그 속에서 마치 바닷속에서인 양 헤엄친다.
>
> —「나는 전기를 띤 몸을 노래한다」(120쪽)

5

말해질 수 없는 것도 암시될 수는 있다. 그것이 『풀잎』의 극장이다. 엄청나게 길고, 풍부하고, 예증적이고, 강렬하고, 신탁적이고, 다정하고, 화려한. 우리는 그것을 최대한 취해야 한다. 도저히 견딜 수 없을 때까지 붙잡고 있어야 한다.

> 이것은 땅과 물이 있는 곳이면 어디서든 자라는
> 풀이다,
> 이것은 지구를 감싼 흔한 공기다.
>
> —「나 자신의 노래」 17부(43쪽)

미국의 모든 시 가운데서 1855년 판 『풀잎』은 개인의 감성에 가장 큰 영향을 미친 작품일 것이다. 이 작품은 그 이하를 원하지 않는다. 우리는 이 작품을 문학으로 공부하지만 모든 위대한 문학작품이 그러하듯 이 작품도 더 심오한 의도를 지니고 있다. 사람들이 삶의 신조로 삼는 책이 되고자 하는 것이다. 『풀잎』은 집요하리만큼 긍정적이다. 어리석고 유치하고 끈질기게 긍정적이다. 『풀잎』은 종교적 의미에서의 삶의 방식을 제안한다. 지적이고 감정적이며 풍요로운, 오직 개인에게만 의존하고 정치, 예배식, 계약금에 의존하지 않는. 단지 관심, 교감, 공감만을 원하는. 휘트먼은 지옥이나 저주를 들먹이지 않는다. 그는 부모처럼 달래며, 다정하게 그리고 자극적으로 우리를 자신에게로 끌어당긴다. 시의 구절구절마다 그는 사실과 하나가 된다. 근육과 정신의 존재인 우리는 빛으로 만들어졌으며 신은 우리 안에 존재한다. 이것이 휘트먼의 길고 달콤한 장광설이 전하는 메시지다. 이것이 그의 시의 절대적인 선언이며 진실을 확인하는 체험이다.

> 빠른 바람! 공간! 나의 영혼! 이제 나는 내가 짐작한 것이
> 진실임을 안다,
> 내가 풀밭에서 빈둥거리며 짐작한 것,
> 내가 침대에 홀로 누워 짐작한 것…… 그리고 다시
> 희미해지는 아침 별들 아래서 해변을 걸으며 짐작한 것.
>
> —「나 자신의 노래」 33부(59쪽)

배

시

배

1

나는 셸리의 배에 대해 많이 생각한다, 더 큰 세상을 항해하는 작은 세상, 당연히 더 큰 세상의 법칙에 따라야 하는. 우리가 알다시피 그 배는 곧 셸리를 죽음으로 데려갔다. 그의 친구 에드워드 윌리엄스, 소년 찰스 비비언도 마찬가지. 자세한 건 우리도 모른다, 주로 혹은 완전히 바람이 그랬는지, 아니면 나뭇잎 떠도는 물결이 그랬는지, 바람과 물결이 함께 그랬는지, 아니면 더 큰 배가 갑작스러운 폭풍을 만났는지. 하지만 이건 안다. 그들이 육지를 떠나 맑은 여름 공기 속에서 잔잔한 바다에서 에게해를 넘어 항해에 나설 때, 그 배는 나는 듯 가볍고 빠르게 달리는 모습이 한 마리 흰 새, 백조처럼 보였으리란 것. 그 배를 타고 항해하는 것이 마땅한 흥분과 완전한 믿음을 갖고 대양보다도 크고, 사랑스럽고, 장중하고, 안정된 세상으로 들어가는 듯했으리란 것. 어쩌면 그때는.

2

상상가의 수만큼 많은 세상이 존재한다. 아래쪽 해안 들썩이는 물에 돛단배 하나가 쉬고 있다. 밧줄 한 가닥이 바다로 달려 나가려는 배를 붙잡고 있다. 작은 종, 작은 닻줄, 작은 이것저것들, 배에서 바람에 탁탁, 철컥철컥 흔들린다. 나는 걸음을 멈추고 귀 기울인다. 판자를 증기로 멋지게 구부리고 접합해 만든 뱃머리가 밧줄에 대항하는 새의 가슴 같다. 저 배는 무엇이 되기를 원하는 걸까? 언젠가 메인 주 유니언에서 우리는 들판을 지나다 흰 조랑말 다섯 마리가 된 흰 자작나무 다섯 그루를 보았다. 그들은 긴 풀들 속에서 발을 이리저리 움직였고, 흰 얼굴이 빛났다. 이것의 이름은, 행복. 이것의 이름은, 그대의 수치, 예금통장, 유리병에 든 자두, 확실한 모든 것을 가지고 나에게서 멀리 떠나는 것. 삶이 그토록 다채롭고, 그토록 무상하다면 우리가 죽음에 대해, 그 검은 잎에 대해, 죽음의 최종성에 대해 무슨 말을 할 수 있을까?

시

가자미, 넷*

그녀가 말했어, "여우사냥은 여우에게 좋은 거야."
"어떤 여우?" 내가 물었지.

아무것도 중요하지 않고, 아무것도 불가지의 신성한 존재의 지배를 받지 않는다고 믿으며 하루를 살아내려고 해 봐. 그런 날이 끝날 무렵 기분이 어떤지 봐.

확실하다고 불리는 것은, 허풍이지.

사물들의 무대, **상상력**의 극장, **믿음**의 모든 곳.

사람들이 그들의 영혼을 팔면, 그 영혼들은 어디로 가는 걸까?

---

*「가자미」 연작시 첫 세 편은 앞서 출간된 산문집 『긴 호흡』, 시집 『서쪽 바람』에 실렸다. 가자미는 작고, 가시가 많고, 그리 중요하진 않지만 조화로운 물고기다.

내가 원하는 사람이 되기 위해, 나는 다른 사람들에게 끌려가지 않도록 늘 애써야 하지.

나는 날마다 슈베르트와 그가 쓴 노래 600곡의 신비에 대해 생각해.

정신적 현시顯示는 눈밭에 자취를 남기는 것이 아니지.

시

가자미, 다섯

사람들이 안전이라는 이름으로 짓는 건, 짚으로 지어지지.

모래알은
제가 모래알이라는 걸 알까?

나의 개 벤—예배당 같은 식구.

당신은 다른 말을 가질 수 있어. 기회, 운, 우연, 운 좋은 발견 같은. 나는 은총을 갖겠어. 그게 무엇인지 정확히 모르지만, 그래도 그걸 갖겠어.

솔방울은 절대로 말하지 않을 비밀을 품고 있지.

나 자신, 나 자신, 나 자신, 그 소중한 오두막!
그게 얼마나 순식간에 타버릴지!

죽음이 듣고 있어,

내가 우물거리거나 분명히 말하는 소리를.

그가 웃음을 흘리고 있어.

봄, 대지에서 맹렬한 달콤함이 솟아, 혼란으로

당신을 채운다, 하느님 감사합니다.

나는 공연예술가, 찬양을 노래하지.

내 시들이 하고 싶은 말은, **이리 와. 나처럼 해.**

시

가자미, 여섯

다정한 에머슨—늘 생각에 대해 열정적이고, 늘 열정에 대해 합리적이던.

화가에게 자신의 길을 잃었다고 말하는 사람은 없지. 작가에게는 그렇게들 말하지. 하지만 화가에 대해서는 이렇게 말하지. "그는 자신의 길을 찾아가고 있어."

나는 블레이크가 사실 운율법에 그리 능하지 않았다는 이야기를 여러 책에서 읽었고, 스윈번은 운율법에 능했다는 이야기도 여러 책에서 읽었어.

목수가 제단만이 아니라 교수대도 만들 수 있는 것처럼, 작가도 세상을 하찮게, 정교하게, 물질적으로도 정신적으로도 무의미하게, 목적의식이 가득하게 묘사할 수 있지. 글은 나무.

나는 잠시 생각할 수 있어. 그다음엔 다시 현실 세계.

크랜베리 늪—그 테두리는 넘실대는 빨강.

모든 말은 전령. 어떤 말들은 날개가 있고, 어떤 말들은 불이 가득하고, 어떤 말들은 죽음이 가득하지.

베어진 상록수가 몇 주씩이나
향기를 내.

지빠귀는
하느님 손가락처럼 노래하고.

기절

우리가 세 들어 사는 이 집 계단 구석에서 무척 경이로운 모험이 이루어지고 있다. 흔한 거미* 가족이 반쯤은 그림자에 묻힌 작고 어수선한 거미줄을 쳐놓았다. 하지만 거미줄은 왕좌에 대한 야망으로 급성장하고 있다. 그녀는(늘 눈에 띄는 건 암컷이니까) 알주머니 여섯 개를 낳았고 지금까지 그중 세 개에서 셀 수 없이 많은 자손이 쏟아져 나왔다. 쏟아져 나왔다는 표현이 정확한 게, 이 갓 태어난 거미들은 크기와 움직임이 너무도 미약해서 처음엔 생명이 없는 것처럼 보였던 것이다. 시작의 시간이 찾아오고 그 시간은 미뤄질 수가 없어서 그들의 의지와 관계없이 알주머니에서 밀려나와 거미줄에 뒤엉킨 검은 실타래처럼 매달려 있게 되기라도 한 듯하다.

나는 이 사건의 발생 시각에 대해 내가 바라는 만큼 정확히 이야기하지 못하고 있다. 거미와 거미줄을 관찰하는 데는 빨랐

---

* 아마 큰애기거미Theridium tepidariorum일 것이다.

지만 사건을 기록하는 데는 느렸던 것이다. 관찰과 기록이 일치하지 못했던 점이 아쉽다. 처음 거미줄을 발견했을 때는 무언가로 인해, 십중팔구 나 자신의 부주의한 동작 때문에 거미줄이 찢어지고 거미도 더 이상 볼 수 없게 되리라고 확신했으므로 별 관심을 두지 않았다. 하지만 그런 일은 일어나지 않았다.

나는 10월부터 거미를 지켜보기 시작했는데, 집을 떠나 살 때는 잠을 잘 못 자서 밤 동안에도 낮 동안만큼이나 많이 보게 되었다.

지금은 12월 초순이다.

나는 계단을 내려가거나 올라갈 때 극도로 조심한다.

내가 지나갈 때 암거미는 내 무게와 그림자를 느낄지도 모른다. 하지만 그녀는 거미줄에 붙어 꼼짝도 하지 않는다. 하긴 침입을 당해도 쉽게 도망치진 않을 것이다. 그녀의 알주머니들이 그녀 주위에서 군도群島를 이루고 있으니까. 제일 먼저 만든 알주머니가 맨 위에, 제일 나중에 만든 알주머니가 맨 아래 위치해 있다. 물론 암거미는 그 알주머니를 애지중지할 것이다. 그녀는 종종 가장 최근에 만든 알주머니에 얼굴을 대고 누워 맨 앞의 다리 한 쌍으로 알주머니를 만진다. 그것에 왜 애정이 없겠는가? 그녀는 자신의 몸에서 나온 재료로 그걸 만들었다. 처음엔 작은 알덩어리였던 것 위를 재빠르고 통통한 몸으로 빙글빙글 돌아 몸에서 나온 실로 알주머니를 점점 더 커지게 한 것이다. 그렇게 실로 감고 또 감아 만든 알주머니는 완전히 동그랗지는 않고 초소형 가스기구gas balloon를 위아래로 살짝 잡아당긴 듯한 모양을 하고서 다른 알주머니와 함께 거미줄에 매달려 흔들린다.

암거미는 알주머니가 완성된 후에도 법석을 떤다. 알주머니를 어루만지기도 하고 그 위를 돌기도 한다. 심사라도 하는 듯하다. 그다음엔 좀 더 어루만지거나 졸고 있다. 졸면서도 알주머니를 만지고 있다. 이윽고 그녀는 알주머니에서 물러나 다리를 오므리고 마치 기절하거나 죽은 것처럼 미동도 않고 반나절을 거미줄에 매달려 있다. 잠이 든 듯하다.

수거미도 오간다. 나는 사나흘에 한 번꼴로 거미줄 가장자리에 잠복해 있는 수거미를 발견한다. 수거미는 무얼 먹고 사는지 도통 알 수가 없다. 어쩌다 거미줄에 걸리는 귀한 먹이는 암거미가 독차지하는 게 분명하다. 암거미가 먹이를 나누기를 거부하는 건지 아니면 수거미가 그럴 필요를 못 느끼는 건지 나로선 알지 못한다. 수거미는 날쌔다. 수컷이라 실젖이 없어서 굵은 실이 끝도 없이 만들어지는 재료를 저장할 주머니 모양의 몸을 가질 필요가 없다. 그래서 암거미와 완전히 다른 특성을 지닐 수가 있다. 수거미는 작고 수줍음이 많고 재빠르다.

나는 알주머니에서 아주 작은 새끼거미들이 쏟아져 나오는 눈에 보이지 않는 과정을 두 번이나 목격했는데, 그때마다 수거미는 거미줄에 있었다. 어쩌면 일부 수고양이나 다른 포유동

물처럼 새끼의 탄생을 언짢게 받아들이고 자기 새끼 몇 마리를 잡아먹을 수도 있다.

나야 알 수 없는 일이지만.

내가 거미줄에 매달려 있는 그를 발견하고 가까이 몸을 기울이면 그는 재빨리 뒤로 물러나 즉시 어둠 속으로 사라져버린다.

새벽 5시다.

거미줄에 눈사태처럼 행운이 덮쳐왔다. 귀뚜라미(내가 늘 보던 검고 납작한 북쪽 종이 아니라 몸 빛깔이 엷고 새우처럼 등이 굽고 회초리 같은 더듬이와 점프 선수의 다리를 갖고 있다) 한 마리가 거미줄에 걸린 것이다.

이 거미는 호랑거미구형 거미줄을 만드는 거미류가 아니라 몇 가닥의 튼튼한 줄을 중심으로 조직적이고 비단결 같은 거미줄을 짜지 않는다. 이 암거미의 거미줄은 초라하다. 지하실 바닥에서 겨우 몇 인치 위에 흉한 꼴로 처져 있다. 눈에 보이는 부분은 엉망이다. 그럼에도 제 기능을 한다. 알주머니 여섯 개와 빠져나가려고 발버둥 치는 귀뚜라미를 지탱하고 있으니까.

이제 암거미는 가만히 있지 않는다. 자꾸자꾸 귀뚜라미에게 내려간다. 내려갔다가 황급히 물러나 조금 거리를 두고 머물러 있는다. 거의 눈에 보이진 않지만 실젖에서 나온 가느다란 실이 꽁무니에 매달려 있다. 움직이면서 귀뚜라미를 감고 있는 것이다. 곧 실이 두툼하게 감기고 귀뚜라미의 발목을 감은 실이 눈에 보인다. 이제 귀뚜라미는 커다란 뒷다리의 힘으로 거미줄을 찢고 탈출할 수가 없다. 거미는 어떻게 그런 걸 알게 되었을까? 가장자리가 톱니 모양인 귀뚜라미의 긴 앞다리들도 실에 감기면서 조금씩 바깥쪽으로 뻗친다. 이내 귀뚜라미의 몸부림은 잦아들고 몇 차례 꿈틀거리는가 싶더니 결국 잠잠해진다.

이 모든 것이 한 시간 안에 일어났다.

일주일 넘게 거미줄에 먹이가 걸리지 않았고 그동안 암거미는 여섯 번째 알주머니를 만들었다. 아마 그전에 배우자와의 사랑 행위를 통해 알을 낳았을 것이다. 그 일주일 동안 암거미의 몸은, 우리 눈에 너무도 잘 띄던 그 먼지 빛깔의 소파 단추 모양 볼록한 부분이 반쪽이 되었다.

내가 계속해서 지켜보고 있는 가운데, 거미는 기이한 협응 동작을 시작했다. 그녀는 귀뚜라미에게로 내려가더니 가장 긴 두 개의 앞다리로 귀뚜라미를 만졌다. 그러자 귀뚜라미가 즉시 요동을 쳤고 그 바람에 거미와 거미줄도 함께 요동쳤다. 거미는 재빨리 몸을 빙글 돌렸다. 정확히 말하자면 앞으로 나아가면서 몸을 돌리는 동작을 시작했고 그다음엔 귀뚜라미가 반응을 보이기도 전에 맨 뒤에 달린 다리 한 쌍으로 귀뚜라미를 **찼다**. 거미는 내려가고 만지고 돌고 차는 그 동작을 되풀이했는데, 차는 동작의 표적은 귀뚜라미의 늘어진 뒷다리들이었다. 그렇게 스무 번쯤 되풀이했을 것이다. 귀뚜라미는 공격을 당할 때마다 흔들리다가 멈췄다. 생명의 표시라곤 마디로 연결된 주둥이를 조금씩 지속적으로 움직이고 거기서 거품이 이는 것뿐이었다.

내가 지켜보고 있는 가운데 거미는 다시 실로 귀뚜라미의 발목을 감았다. 그리곤 섬뜩하리만큼 정확한 동작으로 귀뚜라미의 왼쪽 앞다리 가운데 마디의 움푹 들어간 살을 향해 움직여서 이 말랑한 부위에 주둥이를 박았다. 그러자 귀뚜라미가 다시 요동쳤다. 거미는 후퇴해서 기다리다가 다시 그 부위를 공격했고, 결국 귀뚜라미의 반응 없이 약 3분 동안 거기 작은 얼굴을 댈 수 있었다. 거미는 살을 녹이는 독을 귀뚜라미의 몸에 주입하는 듯했다. 귀뚜라미가 아직도 간헐적으로 움직여서 이 과정에서조차도 중단과 재시도가 이어졌지만 포기할 수 없는 일인 건 분명했다. 20분쯤 지나자 귀뚜라미는 미동도 하지 않았다. 거미는 더할 수 없이 유연하고 확신에 찬 동작으로 귀뚜라미의 머리로, 그 투구 모양의 구릿빛 얼굴로 움직여서 망설임 없이 목과 척수, 뇌 근처의 뚜렷한 연결부에 주둥이를 박았다.

이제 암거미는 잠이라도 든 듯 귀뚜라미와 나란히 연인처럼 누워 있었다. 그리고 몇 시간 후 귀뚜라미의 구릿빛 가슴을 따라 내려가 거기서 다시 배를 채웠다. 쪼그라들었던 그녀의 몸은 커지기 시작하더니 이내 아주 커졌다. 그리고 밤이 되었다.

이른 아침 귀뚜라미는 사라졌다. 거미는 잠잠해진 귀뚜라미가 껍데기만 남게 되면 거미줄에서 풀어준다는 걸 나는 나중에 다른 사례들을 통해 알게 되었다. 귀뚜라미 시체는 지하실 바닥에 떨어졌을 것이고 살아 있는 귀뚜라미들이 이따금 그 옆을 지나갔을 터였다. 그리고 그중 한 마리가 시체를 끌고 갔을 것이다. 이제 배불리 먹은 거미는 아무 움직임이 없었다. 다리들을 살짝 접고 잠들어 있었다. 죽은 거미처럼 다리들을 반쯤 오그리고 있었지만 황혼의 휴식이지 최후의 휴식은 아니었다. 그건 회복이요 중간 휴식, 기진하고 승리에 찬 수면이었다.

암거미의 삶의 목적인 신비로운 존재, 곧 알주머니들과 새끼 거미들에 대해서는 아직 이야기하지 않았다. 새끼들은 펠트 풍선 같은 알주머니에서 나와 근처 거미줄에 매달려 하나의 성운을 이루고 있다. 얼굴을 아주 가까이 대고 숨도 안 쉬고 기다려야 새끼들이 움직이는 걸 볼 수 있다. 일치된 움직임은 전혀 아니고 심지어 확실하지도 않지만 그래도 그건 움직임이고 전혀 움직이지 않는 것에 비하면 움직인다는 게 가장 중요한 사실이다. 그리고 그 움직임은 커져간다. 어쩌면 새끼들은 제 몸의 보드라운 털로 차갑고 축축한 지하실 공기를 느끼는지도 모르며, 그건 하나의 유혹이다. 새끼들은 그 이상을 원한다. 세상을 발견하고 싶어 한다. 그래서 조그만 다리를 뻗고 이리저리 움직인다.

서서히 한두 마리가, 그러다 십여 마리가 더 넓은 별자리로 이동하기 시작한다. 바닥이나 계단을 향해 움직여 바깥쪽으로 퍼져간다. 그리고 그 순간 우주도 끝없이 다음 모험, 그다음 모험을 향해 나아가고 있다.

새끼 거미들은 태어나서 6, 7일 안에 사라져버린다. 그리고 나의 관심은 찢어지고 쭈그러든 알주머니에서 그 아래에 있는 알주머니로 옮겨간다. 그 속에선 작디작은 몸뚱이들이 마치 하나의 물체처럼 단단히 뭉쳐져서 은밀히 숙성하고 있다.

새끼들은 어떻게 알주머니에서 나올까? 그 연약한 다리로 알주머니를 찢는 걸까? 아니면 상상조차 할 수 없을 정도로 작은 주둥이로 씹는 걸까?

나야 알 수 없는 일이다.

그것들이 모두 어디로 갔는지도 알지 못한다. 분산된 수천 마리가 펄쩍펄쩍 뛰어다니는 엷은 색깔 귀뚜라미 입으로 들어갔으리라고 상상만 할 수 있을 뿐이다. 분명 그것 가운데 소수만 살아남는다. 그게 아니라면 우리는 거미들의 물결에 휩쓸려 버릴 테니까.

알주머니 여섯 개 중에서 세 개가 터진 후 나는 새끼 거미임이 분명한 물체를 딱 한 번 볼 수 있었다. 태어날 때보다는 몇 배가 자랐지만 여전히 연필 끝보다도 크지 않은 것이 어머니의 거미줄 맨 바깥 단을 부지런히 기어서 벗어나고 있었다.

이제 에세이에서 소식 전하기가 막을 내리고 교묘하게, 혹은 직설적으로 도덕이 등장할 때다. 가볍게 연주하는 음악이 흐를 때다. 거미의 기이한 삶을 지켜보며 내가 느꼈던 의문들은 책을 찾아보면 해결될 것이고 그런 지식을 제공하는 책은 많다. 하지만 지식의 궁전은 발견의 궁전과 다르며 나는 발견의 궁전의 진정한 코페르니쿠스다. **세상은 내가 생각했던 것과 다르다. 그 이상이다! 나는 그걸 내 눈으로 직접 보았다!**

하지만 거미는? 거미조차도?

거미조차도.

이 세 든 집에서 살 날이 얼마 남지 않았다. 나는 이 이야기의 주인공과 그녀가 이루어놓은 일을 어떻게 처리해야 할지, 뭔가 해야 하긴 하는 건지 며칠 동안 고민했다. 집주인이 곧 돌아올 예정이어서 그들이 거미줄을 즉시 걷어내지 않을 거라고 생각할 이유가 없었다. 사실 우리는 청소업체에 우리가 이사 나가면 바로 청소를 해달라고 요청해놓았다. 그렇다면 암거미를 다른 곳으로 옮겨주어야 할까? 그럼 어디로? 기온이 떨어지고 있는 마당으로 옮겨놓으면 다가오는 겨울을 견디지 못할 것이다. 그럼 다른 지하실 구석으로? 하지만 귀뚜라미들이 거기 있으면? 그리고 수줍음 많은 수거미가 그녀를 찾을 수 있을까? 알주머니와 거미줄을 망가뜨리지 않고 잘 옮길 수는 있을까?

결국 나는 아무것도 하지 않았다. 암거미의 세계를 파괴할 수도 있는 모험을 걸 수가 없었고, 그 왕국 전체를 옮길 방법도 알지 못했다. 그래서 암거미에게 내가 해줄 수 있는 한 가지 일을 해줬다. 시간을 조금 더 벌어준 것이다. 나는 청소업체 사람들에게 이 계단은 빼놓고 청소하라고 분명하고 엄격한 지시를 내렸다.

시

폭설

지금 새하얀 과수원에서 나의 작은 개가
뛰놀고 있어, 거친 네 발로
새로 쌓인 눈을 파헤치며.
이리 달리고 저리 달리고, 잔뜩 신이 나서
멈출 수가 없어, 껑충거리고 빙글빙글 돌며
흰 눈밭에 크고 생기 넘치는 글씨로
육신의 기쁨을 표현하는
긴 문장을 쓰고 있어.

오, 나라도
그보다 잘 표현할 순 없었을 거야.

겨울의 순간들

겨울의 순간들

1

지금 내가 이야기하려고 하는 겨울에는 어둠이 많기도 했다. 자연의 어둠, 사건의 어둠, 정신의 어둠. 무질서하게 퍼져나가는 **알지 못함**의 어둠. 우리는 이성의 빛에 대해 이야기한다. 나는 여기서 세상의 어둠, 그리고 (   )의 빛에 대해 이야기할 것이다. 괄호 안의 것을 뭐라고 불러야 할지 모르겠다. 어쩌면 희망일 수도 있다. 믿음일 수도 있다. 하지만 어떤 형태를 지닌 믿음이 아니라 그저 하나의 몸짓 혹은 몸짓들의 연속체다. 그것은 희망에 더 가깝다. 즉, 믿음보다 더 활동적이고, 훨씬 엉망이다. 내가 생각하는 믿음은 신축성이 있고 냉정하며 말이 필요 없다. 그리고 내가 아는 희망은 투사이며 소리 지르는 존재다.

나는 이른 시각에 일을 시작하기 때문에 겨울에는 세상의 거대하고 긴박한 어둠 속에서 출발한다.

집은 무척이나 춥다. 겨울은 향로를 흔들며 마을을 돌아다니지만, 그 향로에서는 연기나 향내는 나오지 않고 소금과 눈雪의 불쾌한 쇳소리 같은 솔직함만 나온다. 나는 어둠 속에서 옷을 입고 서둘러 나간다. 잠이 덜 깬 개들이 몇 발짝 따라오다가 사라진다. 물이 차갑고 단단한 모래에 활기차게 부딪친다. 나는 그것이 바다가 말하는 언어라도 되는 양 귀 기울여 듣는다. 하늘엔 별도 없고 달도 보이지 않는다. 그래도 밀물이 들어오는 걸 알 수 있다. 바다가 노래하듯 말하고, 가로등과 부두의 주황색 불빛 덕에 조금은 볼 수 있기 때문이다. 바다가 가느다란 은빛 줄무늬가 들어간 검정 레이스를 흔들어 과시한다. 이따금 개들이 행복한 발로 모래밭을 질주하다 돌아온다. 우리가 다시 방파제에 이르러 마당을 건너기 전에 밤은 지나가버린다. 우리는 집 문 옆에 서 있다. 우리는 날카롭고 흰 낮으로 이어지는 연푸른 반도에 서 있다. 작고 검은 고양이 한 마리가 장미 덤불 아래서 뛰어간다. 개들이 기분 좋게 짖어댄다.

날마다 하루가 이렇게 시작된다.

나는 로마에 가본 적이 없다. 파리, 그리스, 스웨덴, 인도에도 가본 적이 없다. 영국에는 한 번 가봤는데 까마득히 오래전이라 중세의 일쯤 되는 듯하다. 나는 M과 극동의 일본과 말레이시아, 뉴질랜드, 인도네시아에 한 번 가봤고 그때 남십자성을 본 걸 지금도 기쁘게 생각하지만 지구에서 굴러떨어질까 봐 아찔했던 기억을 잊을 수가 없다. 난 여행가 타입은 아니다.

나는 식료품점에 가는 길은 알고 거기까지는 갈 수 있다. 우리 삶에 필요한 단순한 물건들인 빵, 과일, 채소 들을 큰 가게에서 산다. 내가 오래 단골로 다니던 작은 가게들은 사라졌다. 작은 가게들이 새로 생기고는 있지만 새로운 목적을 위해서다. 예전에는 마을이 작아서 가게들도 작았다. 지금은 관광객들이 이미 사라진 그 작은 마을에 와 있다고 생각하고 싶어 해서 작은 가게들이 존재한다. 이제 좁은 통로와 고풍스러운 상표가 붙은 병들로 구식 느낌이 나게 꾸며야 장사가 잘된다.

가장 오래된 공급원인 바다에서도 이따금 먹을 걸 얻는다. 낚시를 하거나 아니면 요행으로. 어느 날 아침, 나는 해변에서 어린 셀러리만큼이나 싱싱한 물고기 세 마리를 발견한다. 대구다. 크기는 30센티미터가 약간 넘는다. 나는 그것을 집에 가져온다. 셋 가운데 가장 큰 녀석은 갈고리 자국이 난 것으로 보아 부두에서 왔을 것이다. 상자나 배에서 탈출한 것이리라. 대구 세 마리는 해변으로 함께 떠밀려 왔다. 그건 해변을 향해 철썩거리며 달려오는 조수의 결의에 찬 움직임을 말해준다. 이 물고기들은 무척이나 아름답다. 몸은 어뢰 모양이고, 해록색 광택이 도는 표면 아래 검은 반점들이 있으며, 턱에 육질 돌기가 있고, 눈은 크다. 작은 이빨들이 많지만 더 공격적인 게르치의 이빨들과는 결코 닮지 않았다. 게르치처럼 등에 날카로운 부분이 있어서 무심코 만졌다가 손이 심하게 다칠 위험도 없다.

나는 물고기들을 깨끗이 씻고, 마지막 물고기의 내장을 파내기 전에 속을 구경하라고 M을 부른다. 여러 모양과 빛깔의 분홍이 경이롭다. 심장, 주름진 허파, 부레, 커다란 간. 쩍 벌어진 입속의 창백하고 두툼한 혀가 갓 태어난 퍼그의 혀 같다.

사실 생선 가게에도 혀와 볼이 있다. 지금 나는 머리 양쪽의 50센트 주화 크기 볼을 보고 있다. 그 살을 도려내어 차우더를 만들 수도 있다. 하지만 나는 머리와 가시 등을 파란 양동이에 담아 해변으로 가져가서 모래밭에 쏟는다. 멀리서 갈매기 몇 마리가 끼룩거리더니 눈 깜짝할 사이에 날아온다. 갈매기들은 분홍빛을 띤 늦은 오후의 햇살 아래서 금세 그걸 다 먹어 치운다.

물고기는 맛있다.

여러 해 동안 나는 밀물 때면 이른 시각에나 늦은 때나 거의 소나무 숲으로 이루어진 다른 세계로 갔다. 내가 '소나무'라고 할 때 독자들이 상상하는 건 '리기다소나무' 또는 '방크스소나무'라고 불리는 우리 마을의 소나무가 아닐지도 모르겠다. 우리 소나무는 수수한 나무로, 꾸불꾸불하고 향이 좋다. 해풍을 견디며 살 수 있고, 크고 우람한 자태를 포기하는 대신 소중한 탄성을 얻었다. 큰떡갈나무와 니사나무 역시 연못가 습한 곳에 뿌리를 내리는 경향이 있다.

나는 이 숲을 수천 번은 걸었다. 숲속이 다른 어느 곳보다 심지어 우리 집보다 더 편안했다. 숲의 세계로, 풀과 오솔길로 발을 들이면 늘 안도감 같은 게 밀려들었다. 나는 무언가에서 도피하는 게 아니었다. 기쁨의 영역으로 돌아가는 것이었다. 경계를 넘는 것이었다. 경계를 넘으면 세상만 변하는 것이 아니라 나 자신도 변했다. 나는 거대한 큰떡갈나무들이 나를 안다는 걸 인식하기 시작했다. 이건 가볍게 하는 말이 아니다. 나무들이 나를 다른 사람과 구분해서 알아봤다는 뜻은 아니다. 그런 개별적인 분위기는 없었다. 나무들은 나의 존재를 그리고 나의 기분을 알아보고 반응했다. 나무들은 조용한 인사를 건네기 시작했다.(내가 나무들의 인사를 느끼기 시작한 것일 수도 있다.) 그건 갑작스러운 기온의 변화, 따스하고 편안한 감정의 고조 같은 것으로 희미하긴 하지만 분명히 감지할 수 있었다. 나는 나무들을 향해 걷고 나무들에서 뻗어나온 가지 아래를 지나며 그걸 느꼈다.

소나무 숲에서는 올빼미가 날아다니고, 여름이면 흰 왜가리가 반짝이는 여울 속에서 날개 달린 뱀처럼 서성인다. 어느 아침에 암사슴 두 마리가 잊을 수 없는 사랑스러운 모습으로 내게 다가왔던 곳도 바로 소나무 숲이다. 그들의 얼굴은 연갈색 꽃 같았고 사람을 닮은 두 눈은 호기심으로 가득했다. 그중 한 마리가 떨리는 혀로 내 손을 핥았다. 이 숲에서 코요테들이 나타나 나를 따라온 적도 있었다. 그들은 믿을 수 없을 정도로 대담하고 민첩했으며 맹수의 사나움을 가까스로 억누르고 있었다. 나는 이 숲에서 돌연 힘찬 날갯짓 소리를 듣기도 했다. 그 거침없는 리듬과 당당한 소리. 찌르는 동작과 살짝 위로 쳐드는 동작이 느껴졌다. 천사들의 날개가 바로 그런 소리를 낼 것이다. 천사들은 온화하지 않고 전투적이며 중요한 임무를 수행하기 위해 하늘을 날아다니니까. 다음 순간, 나무들 바로 위에서 백조 두 마리가 다리를 뒤로 늘어뜨리고 눈을 이글거리며 날아갔다.

세상은 변한다. 이제 밤이면 소나무 숲으로 들어가는 입구가 폐쇄된다. 적어도 따뜻한 계절들에는 그렇다. 해가 뜨고 몇 시간이 지나야 입구를 막아놓은 차단기가 치워지고 그 전에는 숲에 들어갈 수가 없다. 1년 365일 개들은 통행이 금지되거나 목줄을 한 채 단 하나의 지정된 길로만 걸어가야 한다. 무기와 수갑을 지닌 산림 감시원들이 땅딸막한 차를 타고 모래언덕을 넘거나 꾸불꾸불한 소나무들 사이를 지난다. 그들은 문젯거리를 찾고 있다. 뛰어다니는 개들, 야영객들, 연인들, 꽃을 잔뜩 꺾거나 양동이를 들고 와서 크랜베리를 따는 사람들. 차단기를 옆으로 치우고 들어와서 어두운 지평선에서 세상으로 떠오르는 태양을, 평화의 분홍 장미를 보기 위해 모래언덕을 오르는 사람들. 그들은 적발되어 벌금형이나 다른 처벌을 받게 될 것이다.

물론 나는 올빼미와 눈과 일출을 보러 숲에 몰래 숨어들어갈 수 있는 길을 한두 군데 안다. 하지만 그렇게 숨어들어 가는 일이 점점 드물어진다. 그토록 깊은 설렘이고 내 삶과 글쓰기의 중요한 부분인 소나무 숲 방문을 망친 건 벌금이 아닌 두려움이었다. 즐거움은 내 주제였다. 그런데 쫓기는 기분을 느끼며 어떻게 즐거움을 모색할 수 있겠는가?

하지만 숲에는 우리 개들이, 과거 우리 개들의 사라져가는 몸이 달콤한 향기를 지닌 흙 속에 묻혀 있는 장소가 있다. 이 숲을 뛰어다니던 개들! 세상이여, 그들의 활동적인 삶, 건강한 행복을 부정하기엔 이미 늦어버렸다.

루크가 죽은 후 나는 루크와 함께 다녔던 길을 모두 되밟으며 모래에 새겨진 루크의 발자국을 나뭇가지와 나뭇잎과 나무껍질로 덮었다. 거기 오래도록 남아 있으라고. 바람에 지워지지 말라고. 그리고 3주쯤 지났을까, 밤새 모든 걸 재배열하는 경이로운 비가 내려 그 발자국들은 사라졌다.

아침은 내게 최고의 작업 시간이다. 나의 의식적인 생각이 새장 속 새처럼 노래하고, 나의 나머지 부분도 바람 속의 새처럼 노래한다. 어쩌면 아침에는 무언가, 우리의 길들여질 수 없는 부분이 우리 안에 아직 강하게 남아 있는지도 모른다. 멋대로 열정적인 꿈을 꾸는, 이성은 우리 안의 섬 하나에 불과하다는 걸 아는.

나는 시를 쓸 때 복종적이고 순종적이다. 할 수 있는 한 자존심과 허영심, 심지어 의도까지 내려놓는다. 그리고 귀 기울인다. 내가 듣는 건 하나의 목소리, 하나의 언어에 가깝다. 자기 자신이기보다는 나뉠 수 없는 한 공동체의 일부일 때 귓가로 밀려들어 귀에 대고 노래를 부르거나 귓속 깊은 곳에서 속삭이는 또 하나의 바다다. 블레이크는 받아 적기에 대해 이야기했다. 나는 블레이크가 아니지만 그의 이야기가 무슨 뜻인지 안다. 시인이라면 누구나 그걸 안다. 어떤 이는 기교를 배운 뒤 과감히 버린다. 받아 적는 재능을 갖고 싶은 것이다. 그건 물리적인 동시에 영적이다. 친밀하면서도 이해할 수가 없다. 어쩌면 바로 그런 이유로 나는 초고를 쓸 때 종이와 연필만 고집하는지도 모른다. 이 느리고 심오한 듣기에 타자기나 컴퓨터는 도움이 되지 않으니까.

나는 자연계가 없었다면 시인이 되지 못했을 것이다. 자연계 없이도 시인이 될 수 있는 사람들도 있다. 하지만 나는 그렇지 못하다. 나에게 숲으로 들어가는 문은 신전으로 들어가는 문이다. 나는 나무들 아래를, 창백한 모래언덕을 걸으며 점점 더 환희에 빠져들고 이 환희를 글로 찬양한다. 나는 눈앞에 펼쳐진 자연을 보고 그걸 맹목적으로 사랑한다.

환경에 관심이 많은 사람들이 나를 자신들과 같은 부류라고 말한다. 나는 그들의 말에 반박하진 않지만 꼭 들어맞는 말은 아니라고 생각한다. 내 작품은 인간의 생존을 위해 지구를 지키고, 치유하고, 보호해야 한다는 합리적이고 학식 있는 주장을 담지 않는다. 내 시는 주목하고 소중히 여기는 것에서 시작하고 끝난다. 인간세계에서 시작하지도 끝나지도 않는다. 내가 만일 환경에 대해 생각한다면 환경운동가가 될 수도 있을 것이다. 하지만 나는 그렇지 않다. 나는 전체를, 우리의 필요와 잘못된 행동의 연결망이나 우리 삶과 다른 모든 존재의 삶의 상호 관계를 생각하진 않는다. 그저 나는 눈만 뜨면 산책을 나가고 흔한 식물의 뿌리나 꽃잎에 발이 걸려 넘어져 마치 투시력이라도 생긴 듯 그것을 상징적인 존재로 볼 뿐이다. 이것은 결코 독보적인 삶의 방식이 아니며 신비주의적 성향을 지닌 모든 사람들이 간 길이라고 할 수 있다.

세상은 생명체를 인간과 그 외의 것들로 구분 짓는다. 만물을 생물과 무생물로 가르기도 한다. 나는 그런 구분에 관심이 없다. 세상은 고양이와 소, 그리고 울타리 기둥 들로 이루어져 있다! 의자도 살아 있다. 푸른 그릇 모양의 연못도, 사과 여섯 알이 담긴 식탁의 푸른 그릇도 모두 살아 있으며 영혼을 지녔다. 코트, 종이 클립, 삽, 빗방울 맺힌 풀, 기쁘게 노래하는 개똥지빠귀, 그리고 비 자체도 마찬가지다. 인간과 비인간, 생물과 무생물을 구분 짓는 건 자세히 들여다보면 계층화하는 것이다. 나뉠 수 없는 세계의 많은 부분에 대해 어느 것에는 감사하는 반응을, 어느 것에는 그리 감사하지 않는 반응을 보이도록 제시하는 것이다.

내가 시에서 말하고자 하는 건 어느 순간 나를 쿡 찌르는 손길이다. 컴퍼스풀바람이 불면 모래 위로 휘어져 컴퍼스처럼 원을 그리는 해변의 풀이 주름진 가지를 구부려 차가운 모래밭에 완벽한 원을 그릴 때나 가을에 노란 말벌이 내 손목에 내려앉았다가 꿀 묻은 접시로 옮겨 갈 때, 내 몸을 관통하는 감사의 불길이다.

그건 그리 특별할 건 없다. 무언가를 증명하지도 않는다. 하지만 나에겐 그렇게 사는 것이 빛나는 삶과 지루한 삶의 차이다. 그렇다면 그렇게 살아야 한다! 나는 충심으로 내가 사는 대로 산다. 나는 사실적이고 유용한 것보다는, 기발하고 구체적이고 함축적인 걸 좋아한다. 나는 걷는다. 그리고 주의 깊게 살핀다. 나는 정신적이기 위해 감각적이다. 나는 아무것도 방해하지 않고 모든 걸 들여다본다. 그리고 집에 돌아오면 M이 묻는다. **어땠어?** M은 늘 그렇게 묻는다. 내 대답은 항상 똑같고 자연스럽다. **놀라웠어.**

M과 나는 1950년대 후반에 만났다. 내겐 사춘기가 다시 찾아온 기분이었다. 그 전율, 휘파람, 확실성. 우리는 지금까지 30여 년을 함께 살아왔다. 그것에 대해선 많이 이야기하지 않겠다. 사생활은 이제 세상에서 존중받지 못하고 있지만 그래도 여전히 천국의 자연스럽고 합리적인 속성이기 때문이다. 우리는 행복하고 운이 좋다. 우리는 정치적이지도 않고, 사람들과 어울리는 걸 좋아하지도 않는다. 다시 말하는데, 우리는 행복하고 운이 좋다. 우리는 서로에게 동지애, 친밀감, 애정, 광시곡을 준다. 나는 끔찍한 소리를 들을 때마다 M의 귀를 막아주고 싶다. 아름다운 걸 보고 가슴이 환호할 때마다 M에게 달려가 말해주고 싶다.

2

나는 자연에 대해 쓰거나 언급할 때 이런 생각들을 갖고 있다. 우선 나는 자연을 장식적인 것으로 보지 않는다. 아무리 아름다운 물결무늬가 들어가 있고 아무리 빛이 난다고 해도 말이다. 그리고 자연에 인간을 위한 유용성이라는 잣대를 들이대지 않는다. 그런 잣대는 자연이 지닌 고유한 가치를 감소시키고 박탈한다. 또, 나는 자연을 재해, 경치, 휴가, 오락으로 보지도 않는다. 나는 풍경에서 휴식과 기쁨을 얻기보다는(물론 그런 걸 얻긴 하지만) 세상을 하나의 신비로 보는 시각과(이런 시각은 자신의 특권뿐 아니라 다른 존재들의 특권까지도 존중하게 만든다) 그 신비를 보호하거나 약화시키는 옳고 그른 행위들에 대한 인식을 높인다.

자연을 알지 못하는 사람은, 자신의 집 지붕 아래를 걷듯 나뭇잎 아래를 걷지 않는 사람은 불완전하고 상처 입은 삶을 사는 것이다. 우리의 몰인정함과 무관심으로 야생이 줄어들긴 했지만 그래도 마찬가지다. 자연은 앞으로도 늘 존재할 것이지만 지금 우리의 자연과는 다를 것이며 하물며 우리의 어릴 적 추억 속에 있는 무성한 숲과 들과는 더 다를 것이다. 반 고흐와 윌리엄 터너, 윈슬러 호머, 워즈워스, 프로스트, 제퍼스, 휘트먼의 세상은 가버렸고 다시는 돌아오지 않을 것이다. 아직 우리는 제정신을 찾고 세상을 구할 수 있지만 본디 자연을 되찾는 건 불가능하다.

나는 배울 나이가 되었을 때 다른 대부분의 아이들처럼 지식의 습득을 지향했다. 여기서 지식은 생각들보다는 입증된 사실들을 의미한다. 내가 아는 교육은 이미 성립된 그런 확실성들의 수집이었다.

지식은 내게 즐거움을 주고 나를 키워줬지만 결국 나를 실망시켰다. 나는 여전히 허기를 느낀다. 내 삶의 가장 진지한 질문을 던지면서 나는 이성을, 증명 가능한 것을 지나쳐 다른 방향들을 보기 시작했다. 이제 나의 관심을 끌 만한 가치를 지닌 주제는 하나뿐이며 그건 세상의 정신적 측면에 대한 인식과 그 인식 내에서 나 자신의 정신적 상태다. 그렇다고 꼭 신앙을 가져야 한다는 건 아니다. 내가 말하는 정신성은 신학적인 것이 아니라 자세다. 그러한 관심은 사실을 담은 최고의 책보다도 더 나를 살찌운다. 지금 내 마음속에서는 입증된 사실들과 입증되진 않았지만 강렬한 직관들이 겨루면 사실들이 진다.

그래서 나는 단지 실내를 피하기만 하는 것이 아니라 안쪽으로(실험실로, 교과서로, 지식으로) 통하는 문 자체를 **보지도 않는** 일종의 자연시를 쓸 것이다. 나는 바람, 떡갈나무, 떡갈나무 잎에 대해서가 아니라 그것들을 대신해 이야기할 것이다. 올빼미, 지렁이도마뱀, 수선화, 붉은점도롱뇽에 대해 육체뿐 아니라 정신의 동지로 이야기할 것이다. 눈밭으로 나온 여우가 나만큼 예민한 신경과 나보다 뛰어난 용기를 지녔다고 이야기할 것이다. 제멋대로인 정신과 잠에서 깨지 않은 마음에 위안과 신호, 필요하다면 경고가 되어줄 찬양시를 쓸 것이다.

우리 개개인과 다른 모든 것 사이엔 끊어질 수 없는 무수한 연결 고리가 존재하고 우리의 존엄성과 기회들은 하나다. 머나먼 하늘의 별과 우리 발치의 진흙은 한 가족이다. 어느 한 가지나 몇 가지만을 찬양하고 끝내는 건 품위나 분별 있는 일이 아니다. 소나무, 표범, 플랫강, 그리고 우리 자신, 이 모두가 함께 위험에 처해 있거나 지속 가능한 세상을 향해 나아가고 있다. 우리 모두는 서로의 운명이다.

3

일기예보에서 눈이나 비가 오고 바람이 강할 거라고 한다. 확실히 바람은 분다. 나머지는 바다로 빠지지만 바람은 충분히 거세다. 보이지 않는 손이 손뼉 치는 소리가 들리고 모든 바람들이, 저 위풍당당한 형제들이 몰려오고 있다.

폭풍은 밀물을 타고 온다. 그래서 여섯 시간 동안 우리를 향해 번쩍거리며 뒹굴며 밀려오면서 힘이 강해진다. 바람은 남남서에서 온다. 폭풍의 진로 내 취송거리일정한 방향으로 부는 바람의 힘에 의해 파도가 이는 거리는 만 전체의 크기다. 이곳 항구의 바다에 거친 파도를 일으키기에 충분한 거리다. 그런 취송거리와 바람이 밀물에 작용해 바다의 수면을 아름답고 경외롭게 만든다. 구름이 얇고 바람에 질주하고 있어서 수면은 반짝거린다. 수면의 빛깔은 회색에서 강철색으로 변했다가 지독하게 번쩍거린다. 주름진 수면에 빛의 조각들이 득실거린다. 여름이면 가끔 수면은 햇빛만 받는 게 아니라 스스로 만든, 아래에서부터 올라온 빛까지 품고 있는 듯하다. 지금은 그렇지 않다. 지금 아래에서부터 올라와 프리즈 장식 같은 주름지고 반짝이는 수면을 만나는 건 어둠뿐이다. 바다는 날카롭고, 고통스러울 정도로 눈부시다. 거울처럼 눈부시다. 수은 같고 유동적이며 녹아 있다. 지금 그 출렁이는 바다 속과 갈퀴질한 수면에는 무엇이 살 수 있을까? 솜털오리들이 파도를 타고 일렁이다가 자맥질해서 작은 물고기나 게를 물고 떠오른다. 그들에게 거친 파도는 바다 속 혼란을 의미하며 그 혼란 속에서 맛과 영양이 풍부한 먹이들을 발견할 수 있다. 모래에서 올라온 게나 요동치는 무리에서 이탈한 물고기 같은. 솜털오리들의 높이 달린 눈이 쾌활하다. 하지만 햇살과 썰물을 사랑하는 미국오리들은 자취를 감추었다. 그리고 아직 바다 위를 천천히 날고 있는 대부분의 갈매기들도 위험을 안고 있다. 그들은 바람을 뚫고 날아야만 하고, 튼튼한 날개를 온 힘을 다해 움직여도 정해진 길로 가지 못하고 방파제의 검은 바위들이나 물가 건물들 지붕을 아슬아슬하게 피해서 날아야 하기 때문이다.

바람이 때려댄다. 그럴 리가 없다. 때릴 대상이, 적이 없기 때문이다. 바다가 빛나는 뭉치들을 해안으로 굴려 보내고 그 뭉치들이 줄줄이 요란하게 해안에 부딪칠 때 파도의 조각들밖에는. 하지만 분명 바람이 때리는 소리가 들린다. 울타리들이 삐걱거리고 퍼덕거린다. 문간에서는 휘파람 소리가 들린다. 현관의 단단히 고정되지 않은 물건들이 쿵 하고 떨어지거나 날아가거나 해변으로 굴러간다. 하지만 헐거워지고 구르는 소리는 위와 아래, 즉 하늘과 바다에서 들리는 분출하고, 휘갈기고, 윙윙거리는 소리에 비하면 아무것도 아니다. 그건 여러 층을 이룬 합창이다. 소프라노 파트는 날카롭게 소리치고, 알토 파트는 불협화음을 이루고, 걸걸한 테너와 바리톤 파트는 금관악기 음을 던진다. 베이스 파트는 거대한 검은 입술을 O자 모양으로 오므리고 그저 쉼 없이 숨을 내쉬기만 한다. 어둡고, 흰수염을 기르고 있으며, 해변으로 올라와 우리를 향해 다가오면서 모래를 잔뜩 머금은 파도의 대열은 결코 서두르지도 주저하지도 멈추지도 않는다. 몇 시간 동안 여전히 경외롭고 여전히 아름답다. 집 같은 하찮은 것이나 인간 같은 약한 것에게는 위험한 존재이기에 두렵기도 하다. 이따금 파도가 넘실거리며 하늘을 향해 흰 포말을 던질 때 수면은 녹슨 색깔로 반짝인다. 천년 전에도 똑같은 장소, 똑같은 바닷가에 서 있었던 것 같다. 바다의 움직임과 소리에도 불구하고 수면의 반짝임은 묘하게 평온한 느낌을 준다. 위대한 예술에 깊이 감동하여 가장 순수한 신비를, 분노 없는 힘과 악의 없는 상처를 느낄 때의 평온함과 다르지 않다. 자연과 예술은 둘 다 아름답고 경외로우며 변화를 사랑한다는 면에서 쌍둥이다.

이제 만조에 가깝다. 작고 푸른 배 한 척이 나타나 방파제에 부딪친다. 애처로운 광경이다. 충돌을 피하려고 애쓰고 파도가 방파제로 거칠게 밀어젖힐 때마다 움찔거리는 듯한 그 배는 무생물이라고 믿기가 어렵다. 뱃머리가 도망이라도 치려는 듯 자꾸만 맴돈다. 배는 물에 잠겼고 희망이 없다. 우리가 나가서 배를 끌어올릴 밧줄을 찾을 수는 있을 것이다. 하지만 폭풍에 대항하여 버틸 힘이 없을 것이다. 배는 계속해서 요동친다. 뒤에서 서풍이 날뛰고 배는 동쪽으로 기울며 방파제에 연신 부딪친다. 그러더니 시야에서 사라진다.

이윽고 절정에, 만조에 이른 바다가 방파제를 넘어 마당으로 날아든다. 넓은 주름들이 차르르 벌어지는 길고 거대한 은빛 휘장 같은 파도가 높이 솟아 밝은 주름 장식을 흔들며 방파제를 넘는다. 파도에 모래가 잔뜩 실려 있어서 마당으로 넘어온 파도가 사라질 때마다 마당은 새로운 모습이 된다. 파도가 마당에 퍼지며 모든 역사(발자국들, 개의 자취들, 쓰레기들)를 지우고 세상에서 제일 깨끗한 모래알들이 마당을 덮는다.

그렇게 여섯 시간째에 바다가 도착해서, 장미들을 흠뻑 적시고 데크에 물보라를 뿌린 후 이렇게 말한다. "이번엔 아냐." 파도는 여전히 울부짖지만 그 무시무시한 울부짖음은 점점 약해지고 썰물이 시작된다.

4

그렇게 폭풍은 지나갔다. 그 폭풍은.

이따금 나는 좀 더 거칠게 태어났더라면 완전히 숲으로 들어갔을 거라고 생각한다. 오직 내 일, 고독, 친구 몇 명, 책, 개들, 모든 평화로운 것들에만 전념하며 언제든 명상과 일을 할 준비가 된 삶을 살았을 거라고 생각한다. 그저 세상의 비천한 영혼들에게 받는 마음의 상처와 실망을 피하기 위해서만이라도 말이다. 하지만 그건 부질없는 생각이다. 우리 가운데 가장 고독한 사람도 습관에 의해, 그리고 도덕적인 세상을 만들겠다는 우리의 가장 용감한 꿈의 실현을 위해 공동체의 삶을 살기 때문이다. 인간 행동의 회오리바람은 무시할 수 없는 것이다.

평온한 날이 온다. 온종일. 그러다 악이 온다. 길을 건너. 일부러 결연한 걸음과 못 같은 얼굴로. 들볶고, 상처 주고, 더럽히고, 당황시키고, 낙심시키기를 원하며. 이건 논의가 아니다. 나는 그 이유를 추적할 만큼 충분한 지식을 가져본 적도 없다. 나는 그들이, 악에 젖어서 사는 그 삶들이 비참하고 그래서 늘 행복을 경멸한다고 생각한다. 그들은 무력감을 느끼기에 기회가 생길 때마다 힘을 행사하며, 스스로를 방어하기는커녕 무슨 일이 일어나고 있는지 알 수도 없는 존재들이 그 대상이 될 때가 너무도 많다.

그런 힘은 어디에서 오는가? 그리고 그건 어떤 의미를 지니는가? 내 마음속 아주 희미한 목소리가 하나의 가능성을 제시한다. 커다란 슬픔이 없었다면 어떻게 구원과 부활이 존재하겠는가? 또한 고투와 일어섬은 우리 삶의 진정한 위업이 아닐까? 어쩌면 10년 후 나는 다른 생각을 갖게 될지도 모른다. 어쨌거나 나는 이 한 가지는 안다. 악도 우리 아름다운 세상의 일부라는 것. 내 글은 악에 큰 관심을 기울이지 않지만 나는 눈을 가리고 있지 않다. 나 또한 악에 가까이 서 있어야만 했고, 악을 막거나 약화시키거나 효과적인 방책을 쓸 수가 없어서 육체적 고통에 가까운 무력감에 시달려야 했다.

그럼에도 나는 영혼이 개선될 수 있는 것이라고 믿는다. 오, 진정 그렇게 믿는다. 오, 달콤하고 도전적인 희망이여!

5

"스스로 은총을 받게 하라." 우리의 친구이자 수도승이며 주교인 그는 그렇게 말하며 특유의 가볍게 감도는 빛나는 미소를 짓는다.

사실 우리가 가장 큰 관심을 갖는 주제는 은총, 그리고 영혼의 존재 여부가 아닐까? 그리고 영혼이 존재함으로써 썩지 않는 힘들과 어쩌면 심지어 하나의 근원, 손에 만져질 듯한 또 하나의 우주가 가능한 게 아닐까? 이성으로는 이해할 수 없는 세상이?

영혼을 믿는다면, 늘 눈에 보이는 산이나 손톱을 믿듯 확고하게 영혼을 믿는다면 그 결과가 어떨지 상상해보라! 그 얼마나 광대하고 철저하게 경이로운 일인가! 그런 믿음으로 모든 것이 달라지고 달라질 테니까. 아침에 일어나면 영혼이 존재하고 우리의 입은 그 영혼을 노래하고 우리의 마음은 그 영혼을 받아들인다. 그 순간 우리가 지각하는 세상은 전체 세상의 반쪽이 된다!

나는 그런 시나리오로 인생의 절반쯤을 얼마나 쉽게 살아왔던가. 나는 영혼을 믿는다. 내 안에, 여러분 안에, 큰어치 안에, 둥근머리돌고래 안에 있는 영혼을. 나는 거친 돼지풀 위를 날아가는 오색방울새에게도, 그리고 돼지풀 한 포기 한 포기에도, 그 아래 흙 속의 작은 돌들에도, 흙 알갱이들에도 영혼이 있다고 믿는다. 그건 낭만적인 믿음이 아니다. 시적이거나 감정적이거나 은유적인(모든 현실이 은유라는 점은 예외로 하고) 것도 아니다. 한결같고 단단하고 절대적인 믿음이다.

바다라는 거친 불모지, 매 한 마리가 바람 속에 떠 있는 창백한 모래언덕들, 내게 그런 장소들은 기도와 찬송, 설교, 침묵, 성서가 있는 교회와도 같은 공식적인 공간이다.

기도가 빛을 향한 기울어짐인 것처럼 풀 자체와 하늘 자체, 날아가는 새에 주의를 집중하는 것의 결과도 있다. 조바심과 자신의 삶의 울타리를 떠나게 된다. 무한함을 향해 기울게 된다.

이제 겨울이, 내가 이야기하고 있는 겨울이 물러가기 시작한다. 그동안 무엇이 결정되고 선택되고 확실히 해결되었을까? 세월이 우리에게 주는 교훈은, 사건들은 지나가고, 세상은 변하고, 상처는 희미해지고, 행운은 찾아왔다가 사라졌다가 새로운 모습으로 다시 찾아온다는 것이다. 그에 반해 우리가 스무 살 때 일어나는 일들은 내가 기억하는 한 영원히 일어난다. 나는 오랫동안 스무 살이 아니었다! 태양이 북쪽으로 굴러가고 나는 그 눈부신 빛이 다시 한 번 불타오르는 걸 감사한 마음으로 느낀다. 세상 어딘가에서 우리가 아무 손도 쓸 수 없는 불행이 여전히 이어지고 있다. 내가 내년에, 그리고 그다음 해에도 쓰게 될 말들이 프로빈스랜드의 화려한 잡초 꼬투리에서 나와 어딘가에서 바람에 떠다닌다.

한번은 숲에 들어갔다가 여간해서는 보기 힘든 푸른밀화부리를 발견했다. 검정에 가까운 짙푸른 깃털과 육중한 부리를 가진 그 새는 무성한 초록 나무 잎사귀들에서 등이 굽은 연초록색 애벌레를 한 마리씩 쪼아 먹고 있었다. 푸른밀화부리는 이내 잎사귀들의 그림자 속으로 사라졌고 바로 그 순간 나무 꼭대기에서 멕시코파랑지빠귀가 날아왔다. 고향에서 수백 마일 떨어진 곳까지 온 작은 연청록색 개똥지빠귀였다. 그보다 멋진 순간은 경험하기 힘들지만, 내겐 가능했다. 나는 천사 둘을 본 적이 있다. 그들은 자동차 옆을 지키며 조용히 서 있었다. 그들의 몸에서 빛이 흘러나왔고 발치에서는 불꽃이 소리 없이 타오르고 있었다. 그런 순간, 그런 기억을 우리가 어떻게 할 수 있을까? 그저 소중히 간직할 수밖에 없지 않을까? 알려진 것 너머에 무엇이 있는지 누가 알 수 있겠는가? 빛의 비밀이 언제 찾아올지 모른다고 생각한다면 마음의 집에 손님을 맞이할 준비를 하고 있어야 하지 않을까? 서재에서 싸구려이거나 하찮은 걸 모두 치워야 하지 않을까? 늘 희망과 기쁨, 흥분 속에서 살아야 하지 않을까?

이제 초록 바다가 푸른 봄의 빛깔을 띠고 봄의 소리를 내기 시작한다. 지치고 졸린 겨울은 긴긴 밤에 천천히 달을 윤나게 닦고 북쪽으로 물러난다. 겨울의 몸이 줄어간다. 녹아간다. 해묵은 수수께끼 뭉치가 또 한 해 풀리지 않고 그대로 남는다.

감사의 말

이 책의 일부 시와 에세이는 아래 잡지나 책에 실려 있다. 모든 편집자들에게 감사한다.

「겨울의 순간들」 — 〈애팔래치아Appalachia〉
「이끼」 — 〈그린 마운틴스 리뷰Green Mountains Review〉
「거북이 자매」「엘레오노라의 빛나는 눈: 불가능을 되찾으려는 포의 꿈」 — 〈오하이오 리뷰Ohio Review〉
「폭설」 — 〈포이트리Poetry〉
「백조」(에세이) — 〈포이트리 이스트Poetry East〉
「집짓기」 — 〈셰넌도어Shenandoah〉
「세 편의 산문시」 — 〈버지니아 쿼털리 리뷰Virginia Quarterly Review〉

「거북이 자매」는 더블데이, 앵커북스에서 출간한 『앵커 에세이 연감: 1998년 최고작The Anchor Essay Annual: The Best of 1998』에도 실렸다.
「집짓기」는 휴턴미플린에서 출간한 『1998년 미국 최고의 에세이들The Best American Essays 1998』에도 실렸다.

「백조」(시)는 나의 책 『빛의 집House of Light』에도 실려 있으며 보스턴 비컨 프레스의 허락 아래 다시 실었다.

옮긴이의 말

빛나는 시인의 초상

독자는 작품에 매료되면 자연스럽게 작가에게 관심을 갖게 된다. 작가는 작품의 근원이며 배경이기 때문이다. 오랜 세월 시인으로 살아오면서도 "자신에 대해 아주 적게 말하는 걸 현명하고 고상한 일"로 여겨왔던 메리 올리버가 에세이를 통해 사적인 삶을 드러내기 시작한 건 그녀의 시를 사랑하는 독자에게 몹시 반가운 일이다. 최소한의 언어를 사용하는 시라는 문학을 접하면서 독자가 가장 갈망하는 건 해설이고, 작가 자신보다 훌륭한 해설자는 없으니까. 실제로 『휘파람 부는 사람』에는 「백조」라는 에세이와 시가 실려 있는데, 메리 올리버가 시를 쓸 때 지키는 원칙들과 시 「백조」의 탄생 배경, 작가의 의도가 자세히 소개되어 있다. 에세이가 시의 친절한 안내자가 된 셈이다. 또한 다른 글들에도 시인 메리 올리버의 소박하면서도 빛나는 초상들이 담겨 있다. 「집짓기」에서 그녀는 머리만 쓰고 몸은 움직이지 않는 시인의 울타리를 벗어나 목공 작업을 즐기고, 폐기물 처리장에서 주워 온 폐자재를 재활용하여 집까지 짓는다. 그 집은 사용하기 위해서가 아니라 온전히 집짓기를 위해 만들어진 것이다. 서툰 솜씨나마 목공 작업에 몰입한 그녀의 모습은 아이러니하게도 그 어느 때보다 시인답다. 가장 순수한 즐거움을 몸으로 노래하고 있는 것이니까. 「거북이 자매」에서 그녀는 해변에 알을 낳으러 오는 거북이를 눈여겨본다. 그녀는 거북이에게 애정과 이해가 넘치는 "자매"의 시선을 보내지만 거북이가 모래 속 둥지에 낳아놓은 알 가운데 일부를 집에 가져가 요리해 먹는다. 그녀에게 그건 주엽나무 꽃에 든 꿀을 먹는 행위만큼 자연스러운 일이다. 자연의 법칙에 순응하는 세상의 모든 존재들과 하나가 되어 살아가는 자연인 메리 올리버의 모습이 여기 있다. 「기절」에서 그녀는 거미 관찰자로 등장한다. 지하실 계단 옆 초라한 거미줄의 거미 가족을 세심하게 지켜보며 자신이 "발견의 궁전의 진정한 코페르니쿠스"라고 자부한다. 최고의 자연시인다운 모습이다. 그리고 마지막 장 「겨울의 순간들」에서 그녀는 날마다 아직 어둠이 가시지 않은 새벽에 일어나서 바다나 숲으로 간다. 눈만 뜨면 산책을 나가 자연 속에서 시간을 보내는 것, 그것이 그녀의 한결같은 일과다. 얼핏 단조롭게만 보이는 이 일상에는 늘 설렘이 숨 쉬고 있으며, 메리 올리버는 자연과의 교감이 주는 그 희열을 시에 담는다. 자연을,

삶을 찬양하는 시인의 모습이다.

여기 그려진 메리 올리버의 초상은 그녀의 시들과 완벽하게 일치한다. 그녀의 삶 자체와 시가 한목소리를 내고 있는 것이다. 그리고 그 목소리는 세상의 모든 존재가 영혼을 지니고 있다고 말한다. "지금 이 순간은 아니지만 곧 우리는 새끼 양이고 나뭇잎이고 별이고 신비하게 반짝이는 연못물"이라고. 세상의 모든 존재는 감사와 찬양의 대상이 되어야 한다고 이야기한다. 삶에 대한 이보다 멋진 찬사가 있을까?

2015년 1월

민승남

작가 연보

1935년 9월 미국 오하이오 메이플하이츠 출생

1955년 오하이오주립대학교 입학

1957년 뉴욕 바서대학교 입학

1962년 런던 모바일극장 입사(어린이들을 위한 유니콘극장에서 연극 집필)

1963년 첫 시집 『No Voyage and Other Poems』(Dent Press) 출간

1970년 셸리 기념상 수상

1972년 시집 『The River Styx, Ohio, and Other Poems』(Harcourt Brace) 출간

미국국립예술기금위원회 펠로십 선정

1973년 앨리스 페이 디 카스타뇰라상 수상

1978년 시집 『The Night Traveler』(Bits Press) 출간

1979년 시집 『Twelve Moons』(Little, Brown) 출간

1980년 구겐하임재단 펠로십 선정

1980년, 1982년 클리블랜드 케이스웨스턴리저브대학교 매더 하우스 방문 교수

1983년 시집 『American Primitive』(Little, Brown) 출간

	미국문예아카데미 예술·문학상 수상
1984년	시집 『American Primitive』로 퓰리처상 수상
1986년	시집 『Dream Work』(Atlantic Monthly Press) 출간
	루이스버그 버크넬대학교 상주 시인
1990년	시집 『House of Light』(Beacon Press) 출간
1991년	시집 『House of Light』로 크리스토퍼상과 L. L. 윈십/펜 뉴잉글랜드상 수상
1991~1995년	스위트브라이어대학교 마거릿 배니스터 상주 작가
1992년	시선집 『기러기New and Selected Poems I』(Beacon Press) 출간
	시선집 『기러기』(Beacon Press)로 전미도서상 수상
1994년	시집 『White Pine』(Harcourt Brace) 출간
	산문집 『A Poetry Handbook』(Harcourt Brace) 출간
1995년	산문집 『긴 호흡Blue Pastures』(Harcourt Brace) 출간
1996~2001년	베닝턴대학교 캐서린 오스굿 포스터 기념 교수
1997년	시집 『서쪽 바람West Wind』(Houghton Mifflin) 출간
1998년	산문집 『Rules for the Dance』(Houghton Mifflin) 출간
	래넌 문학상 수상

1999년 산문집 『휘파람 부는 사람Winter Hours』(Houghton Mifflin) 출간

뉴잉글랜드 서적상인협회상 수상

2000년 시집 『The Leaf and the Cloud』(Da Capo) 출간

2002년 시집 『What Do We Know』(Da Capo) 출간

2003년 시집 『Owls and Other Fantasies』(Beacon Press) 출간

2004년 산문집 『완벽한 날들Long Life』(Da Capo) 출간

시집 『Why I Wake Early』(Beacon Press) 출간

산문집 『Blue Iris』(Beacon Press) 출간

시선집 『Wild Geese』(Bloodaxe) 출간

2005년 오랜 동반자였던 몰리 멀론 쿡 타계

시선집 『New and Selected Poems II』(Beacon Press) 출간

2006년 시집 『Thirst』(Beacon Press) 출간

2007년 산문집 『Our World』(Beacon Press) 출간

2008년 산문집 『The Truro Bear and Other Adventures』(Beacon Press) 출간

시집 『Red Bird』(Beacon Press) 출간

2009년 시집 『Evidence』(Beacon Press) 출간

2010년 시집 『Swan』(Beacon Press) 출간

2012년	시집 『천 개의 아침A Thousand Mornings』(Penguin Press) 출간 굿리즈 선정 베스트 시 부문 수상
2013년	시집 『개를 위한 노래Dog Songs』(Penguin Press) 출간
2014년	시집 『Blue Horses』(Penguin Press) 출간
2015년	시집 『Felicity』(Penguin Press) 출간
2016년	산문집 『Upstream』(Penguin Press) 출간
2017년	시선집 『Devotions』(Penguin Press) 출간
2019년	1월 플로리다 자택에서 림프종으로 타계

메리 올리버를 향한 찬사

메리 올리버는 능숙한 솜씨로 "미국 최고의 시인 중 한 사람"이라는 명성을 공고히 할, 숨이 멎을 만큼 경이로운 작품을 빚어냈다.

〈뉴욕 타임스 북 리뷰〉

헌신의 능력과 결합된 엄격한 정신, 정확하고 경제적이며 빛나는 문구를 찾으려는 갈망, 목격하고 나누고자 하는 소망.

〈시카고 트리뷴〉

올리버는 절묘하리만큼 명료한 산문을 써낸다. 자신을 가장 아낌없이 드러낸 이 산문들에서 그녀는 자기 시들의 원천인 믿음과 관찰, 영감에 대해 이야기한다. 본질적이고 눈부시다.

〈북리스트〉

올리버의 작품이 지닌 놀라운 점 가운데 하나는 그 긴 세월 동안 한결같은 목소리를 내고 있다는 것이다. 갈수록 더 자연에 초점을 맞추고 언어의 정교성이 높아진 결과, 올리버는 이 시대 최고의 시인으로 우뚝 섰다. 올리버의 시에선 불평이 나 우는소리를 찾아볼 수 없다. 그렇다고 삶이 쉬운 것인 양 말하지도 않는다. 올리버의 시들은 기분 전환이 되어주기보다는 우리를 지탱해준다.

스티븐 도빈스 〈뉴욕 타임스 북 리뷰〉

1984년에 시 부문 퓰리처상을 수상한 메리 올리버는 자연 세계에 대한 기쁨 가득하고, 이해하기 쉽고, 친밀한 관찰로 나의 선택을 받았다. 그녀의 시 「기러기」는 너무도 유명해져서 이제 전국의 기숙사 방들을 장식하고 있다. 메리 올리버는 우리에게 '주목한다'는 심오한 행위를, 세상 모든 것들의 가치를 알아보게끔 하는 살아 있는 경이를 가르쳐준다.

르네 로스 〈보스턴 글로브〉

초월주의자로 명성을 떨쳤던 헨리 데이비드 소로처럼 메리 올리버도 헌신과 실험 둘 다에 접한, 이른바 '자연이라는 교과서'에 주목한 자연주의자다. 그녀의 시들은 집처럼 편안한 언어로 유한한 삶의 신비에 대해 이야기한다. 유념하는 것은 올리버의 전문 분야, 보고 듣는 건 그녀의 과학적 방법이자 명상 수련인 듯하다.

스티븐 프로테로 〈서치〉

올리버의 삶의 가볍고 경쾌한 희열이, 문장들과 산문시들 사이에서 안개처럼 소용돌이친다.

〈로스앤젤레스 타임스〉

메리 올리버의 시는 지각과 느낌의 비옥한 땅에서 자라는 자연물로, 본능적인 언어의 기교로 인해 우리에게 쉽게 다가온다. 그녀의 시를 읽는 건 감각적 기쁨이다.

메이 스웬슨

메리 올리버의 시는 훌륭하고 심오하다. 축복처럼 읽힌다. 우리를 자연계에 존재하는 우리의 근원과 그 아름다움, 공포, 신비, 위안과 연결해주는 것이 올리버의 특별한 재능이다.

스탠리 쿠니츠

나는 올리버가 타협을 모르는 맹렬한 서정시인이라고, 늪지의 충신이라고 생각한다. 여기 우리가 간절히 원하는 목소리가 있다.

맥신 쿠민

메리 올리버는 워즈워스 그룹의 '자연' 시인이며 그 시의 목소리에선 흥분이 귀에 들릴 듯 생생하지만, 그녀의 자연 신비주의는 오히려 고요의 경지에 도달한 듯하다. 그것은 그녀의 이미지들 대부분에 영향을 미치는데 하나의 특성이라기보단 존재 자체로 의미를 갖는다.

팀 패프 〈베이 에어리어 리포터〉

메리 올리버는 가장 훌륭한 영미 시인들 가운데 하나다. 애벌레의 변태에 대해 묘사하든 새소리와의 신비한 교감에 대해 이야기하든 그녀는 거의 항상 놀랍도록 인상적이고 공명을 불러일으키는 이미지들을 만들어낸다. 올리버는 뛰어난 감성으로 관찰하고 그 누구도 따를 수 없는 경이로운 솜씨로 그 인상들을 표현한다. (…) 그녀의 시는 엄격하고, 아름답고, 잘 쓰였으며, 자연계에 대한 진정한 통찰을 제공한다.

엘리 레러 〈위클리 스탠더드〉

올리버의 시가 지닌 특별한 능력은 그녀가 세상에서 발견한 아름다움을 전하고 영원히 잊지 못할 것으로 만든다는 것이다.

〈마이애미 헤럴드〉

올해 '톱top 5'는 여섯 단어로 축약될 수 있을 것이다. 메리 올리버, 메리 올리버, 메리 올리버. 올리버의 놀라운 위업은 그녀의 식을 줄 모르는 인기와 독자들의 마음 깊은 곳, 거의 근원에까지 닿는 독보적 능력을 보여준다.

엘리자베스 런드 〈크리스천 사이언스 모니터〉

메리 올리버는 지혜와 관용의 시인이며 우리가 만들지 않은 세계를 가까이 들여다볼 수 있게 해준다. 우리를 겸허하게 하는 그 관점은 오래도록 남는 그녀의 선물이다.

〈하버드 리뷰〉

메리 올리버의 시들은 세상의 혼돈을 증류해 인간적인 것과 삶에 가치 있는 것을 추출해낸다. 그녀는 낭만주의자들과 휘트먼의 메아리가 되어, 홀로 자연 속에서 보고 듣는 것의 가치를 주장한다.

〈라이브러리 저널〉

메리 올리버는 본능과 신념, 투지에 의해 움직인다. 그녀는 이 시대 가장 좋은 시인 가운데 한 사람으로, 여전히 성장하고 있다.

알리시아 오스트라이커 〈더 네이션〉